CHARACTERS
ラインハルト
勇者パーティーの一員。
剣聖の二つ名を持っており、
王国一の剣の使い手。
真面目な性格で、クロノに強い
恩義を感じている。
アイラ
パーティーを率いる勇者。
師匠としてクロノをとても慕っている。
馬鹿力で、ちょっぴり
思慮が足りない一面も……。
シンシア
魔王討伐の旅に参加していた聖女。
クロノに熱烈な好意を抱いているが、
アプローチの仕方がわからず
なかなか関係が進まない。

豚さん、これからよろしくね
レナ
開拓村の村長の娘。
森で魔物に襲われていたところを
クロノに助けられた。
ただの村娘にしては膨大な魔力を
持っており…!?

使命を終えた大賢者、辺境で領主生活はじめました

～救世の旅から帰ったので、セカンドライフは小さな村で楽しく開拓生活を送ります～

しんこせい

ill.しあびす

目次

プロローグ

長く続いた救世の旅も、ようやく終わろうとしていた。

俺達はとうとう世界の魔物を統べる王である魔王グリュニングの住まう魔王城の最深部へとたどり着いたのだ。

魔王を倒せば魔物の活性化が終わり、世界にひとまずの平和がもたらされる。

戦いはこちら側の思惑通りに進み、トドメの一撃が魔王へと迫る。

「虹崩剣《レインボークランブル》！」

俺の一番弟子であり、世界最強の勇者であるアイラの光輝の剣が、魔王の身体を突き刺す。

「ぐ、は……」

魔法による回復や再生を許さない、存在そのものを崩壊させる虹の剣。

七色が混沌と混じり合う必殺の一撃は、魔王の心臓を正確に貫いていた。

「このままで……やられるものかっ！」

感じるのは爆発的な魔力の高まり。魔王の身体が赤く点滅し始めた。

俺の隣にいる聖女のシンシアや魔王を斬りつけるラインハルトが、即座に防御姿勢に入る。

俺も含め、この場にいる四人は文字通り最強クラスの達人達だ。

プロローグ

自爆《セルフエクスプロージョン》の魔法程度であれば、問題なく防御できる。

けれど賢者である俺には、あれが自爆に似た別の魔法であることがわかってしまった。

己の魂を使うことで相手の魂を壊す禁呪《きんじゅ》フォビドゥンコード。

あれを食らえば、どんな人間だって死ぬだろう。

「「アイラッ！」」

魔王の禁呪は、己にトドメをさしたアイラへと放たれようとしていた。

シンシアが神聖魔法で防ごうとするが、間に合わない。

魔法で思考を加速し、俺は一瞬のうちに結論を出した。

（うん、俺が代わりにあれを食らおう）

アイラはこんなところで失っていい人材ではない。

魔王の最後っ屁を食らうなら、とうに魔法使いとしてのピークを過ぎている俺くらいが適任だろう。

「シフトチェンジ！」

発動させる魔法はシフトチェンジ。

空間系に属する魔法で、自分と他人の位置を入れ替えることができる。

とんでもない魔力消費量のわりに効果が地味なので、こんなものを俺が使えるとは魔王も思っていなかったことだろう。

俺とアイラの位置が入れ替わる。

目の前にはこちらに魔法を放つ魔王の姿が見えた。

「残念、ハズレだよ」

「貴っ様あああああ‼」

怒り狂う魔王の魂が、俺の魂そのものを変質させていく。さすがは魔王、死にかけとはいえとんでもない怨念だ。

どす黒い情念の籠《こ》もった魔力の隙間から、こちらに駆け寄ってくるアイラの姿が見えた。

「師匠！」

ったく、師匠呼びはやめろっていつも言ってるのに、俺の言うことなんざ全然聞きやしない。

まあ……達者でやれよ、アイラ。

お前は人類みんなの希望の星、なん、だから、な……。


「んぅ……」

ゆっくりと目を開ける。

瞼《まぶた》がとんでもなく重たい、まるでおもしでも乗せてるみたいだった。

自力で開けられそうになかったので身体強化《フィジカルブースト》の魔法を使おうとしたが……うむ、なんだかいつもより魔力の通りが悪い気がするな……。

だが魔法自体は問題なく使えるようだ。

だるさを感じながらも上体を起こす。

あれ、俺さっきまで何してたんだっけ……？

「クロノさん！」

「クロノさんっ！」

「師匠っ！」

見渡してみればそこには勇者のアイラ、聖女のシンシア、聖騎士《パラディン》のラインハルト……俺が一緒に旅をしてきた連中の姿があった。

あ、そうか、俺さっき魔王の禁呪を食らって……。

って、あれ？

「なんで俺、生きてるんだ……？」

「師匠！　師匠師匠師匠師匠ッ！」

馬鹿力のアイラが感極まって抱きついてくる。

とんでもない力に、骨がミシミシと軋《きし》みをあげるのがわかった。

アイラは力の加減が下手だ。

なのでこいつと何かをする時には魔法の補助が必要なわけだが……こんなに痛かったか？

意識を向けると、常時発動させていたはずの身体強化が切れていた。

かけ直してみるが、いまいち効きが悪い。

骨は軋まなくなったが、普通にめっちゃ痛いのだ。

「やめてくれ、アイラ。お前の馬鹿力は、今の俺にはキツい」

「はーいアイラ、クロノさんに無茶しちゃダメだよ～」

後ろから羽交い締めにされて不服そうな顔をしているアイラ。

後で機嫌を取っておく必要はあるだろうが、それは一旦置いておこう。

まずは現状を確認しておかなければ。

「シンシア、俺アンデッドになったりしてないよな？」

「はい、クロノさんは間違いなく人間のままですよ。ただ……」

シンシアが指さす先を視線で追ってみる。

そこにあったのは、魔法で服が弾き飛ばされ剥き出しになった俺の腹だ。

そこにはいかつい悪魔の模様のようなタトゥーが入っていた。

実は昔ヤンチャしてて……みたいなことはない。こんなもの、つい今しがたまでなかったはずだ。

タトゥーから感じるのは、なんとも禍々《まがまが》しい気配だ。

これは……かなりあり得ない量の魔力が籠められてるな。

俺とアイラとシンシアの魔力量を三倍にしたくらいのとんでもない魔力だ。

これってもしかしなくても……フォビドゥンコードだよな？

使われたら死ぬということしか知らなかったが、実際に使われるとこんな風になるのか。

「どうやら身体に魔王の呪いを受けているようです。私の神聖魔法や浄化魔法でも、弱めることすらできず……」

「マジか……呪いで済んだのか。普通フォビドゥンコードを食らったら、魂そのものが削り取られるはずなんだが……」

「ふぉび……？」

禁呪の説明をしてやると、シンシアが横を向いて、どこか遠くを見つめる。

これは彼女が考える時の癖だ。

「もしかすると禁呪が不完全なまま発動したのかもしれません。私達との戦いで、魔王も消耗していましたから……」

「なるほど、確かにそうかもな……」

俺達と戦っている間も、魔王は時空魔法や超級魔法なんかをバカスカ使っていた。

俺はてっきり魔王は無尽蔵の魔力を持っているものだとばかり思っていたが、実は向こうもそこまで余裕はなかったのかもしれない。

「し、師匠ぅ……」

魔王との戦いを振り返っているとラインハルトに絞られて少し落ち着いたアイラがやって来

た。

しょんぼりした様子で、うなだれながら目を潤ませている。

自分の代わりに俺が呪いを受けたことを相当に気にしているようだ。

ポンポンと頭を撫でてやる。

「気にするな。弟子の始末をつけるのも、師匠の務めだからな」

「で、でも……」

「お前の攻撃を肩代わりした時、俺は死んでも構わないと思ってやった。けど俺は、今こうして生きてる。命があるだけで十分だ」

抱きついてくるアイラの背中をトントンと叩いてやる。

魔王との激戦で疲れていたのだろう。アイラはすぅすぅと眠り始めてしまった。

「とりあえずここは敵地だ。急ぎ王宮に戻ろう」

「ですね。クロノさん、持ちますよ」

「ああ、悪いな」

ラインハルトが俺にもたれかかるアイラを背負い立ち上がる。

魔王を倒した後の魔王城に用はない。

さっさと脱出して、国に戻ろう。

「悪いが、ちょっと今の力を確認してもいいか？」

「そんな……無茶ですっ！　クロノさんはいつ死んでもおかしくないような、強力な魔王の呪いを受けて――」

「まあまあシンシアさん、クロノさん本人の意志を尊重してあげましょうよ。でも、無理はしないでくださいよ？」

「ああわかってる、無理だと思ったらすぐに退く」

こうして俺はとりあえず今の力を試してみることにした。

魔王が過ごしていた居城である魔王城は強力な魔物の宝庫だ。

「GYAAAAAAOO‼」

歩いていくとダークドラゴンが現れた。

Sランクの魔物で、魔物と物理的攻撃に対して非常に高い防御力を持っている。

まずは魔法から。

「クロノスファイア」

俺が開発した超級魔法、クロノスシリーズ第一弾のクロノスファイアを発動させる。

火魔法自体が魔力を燃料にしていることに着目し、火魔法それ自体を新たな火魔法の燃料にさせるという工程を繰り返し続け、極限まで温度を高めた魔法だ。

「GYAAAAAA⁉」

クロノスファイアを使うと、ダークドラゴンは痛みに耐えきれず叫び声を上げた。

なんとかして火を消そうとゴロゴロと転がっている黒龍を見て、俺はため息をこぼす。

「まさか一撃で倒せないとはな……魔力の通りもすこぶる悪い……」

本来クロノスファイアは、魔王にも手傷を与えられるほどの魔法だ。けれど今の俺では、たかがダークドラゴンを一撃で屠《ほふ》ることすらできない。

その原因はやはり、俺の下腹部の魔王の呪いにあった。

この呪いには、魔王が持っていた魔力が籠められている。

魔王の莫大な魔力が俺の魔力と干渉し合い腹の辺りで混じり合ってしまっているせいで、上手く魔法が発動できない状態になっているのだ。

「これではまともに戦えないな……」

もう一度クロノスファイアを使うと、ダークドラゴンを倒すことはできた。

魔王城にいる魔物達と戦闘は進んでいく。途中からはアイラも起きたので、彼女にももしもの時に助けに入ってもらえるようお願いをした。

その後も何度か試していくと、俺が魔法を使うのに大体今までの二倍の魔力を消費しなければいけないことがわかった。

それに魔力消費量が多いだけではなく、魔法を放つのにも以前の何倍もの時間をかけなければいけなくなっていた。

倒すこと自体は問題なくできるのだが、かかる時間がちょっと笑えないレベルになっている。

いくら再生能力が高いとはいえ、ヴァンパイアを倒すのに五分……以前なら五秒もあればヴァンパイアの群れを殲滅《せんめつ》できてたんだがな……。

自分が引き受けてしまった呪いの重さを、俺は戦闘の度に実感するのだった。

「はぁ、これではもう引退するしかないか……」

「えっと……」

「……どうかしたか？」

「い、いえ、なんでも！　師匠が前から強過ぎただけで、全然戦えてるんじゃ……（ぼそぼそ）」

報告をするために王城に帰ってくると、王を始めとする王国の重鎮が、俺達の帰還を首を長くして待っていた。

魔物が急に弱くなったので、俺達が魔王を討伐したことはすぐに見当がついたらしい。

俺達勇者パーティーには、魔王を倒した功績から爵位が与えられることになった。

俺に与えられたのは子爵位だった。

貴族は姓を決めなければならないので、これから俺の正式名称はクロノ・フォン・メナスだ。

なんか偉くなったような気分になってくるが、ふんぞり返るのは趣味じゃないので、貴族になっても多分生活はほとんど変わらないだろう。

そして叙爵とは別に、可能な範囲で魔王討伐の報奨ももらえるらしい。

この世界の魔物被害を減らしてくれたのだから、それくらいは当然ということだった。

これだけ至れり尽くせりされると、頑張って良かったなと思えてくる。

聖騎士として頼れる前衛を担ってくれていたラインハルトは、王国にある騎士団のうちの一つ、高鷲《たかわし》騎士団の団長に就任することを報酬にした。

魔王討伐の功績から放っといても話なんかくるだろうに、欲のないやつである。

聖女のシンシアと勇者のアイラは、未だ願いが決まらないので保留らしい。

「ええっ、クロノさんはもう何を頼むか決めてるんですか⁉」

「ああ、実は前々から腹案があってな」

まだ悩んでいる二人とは違い、俺は頼むことを事前に決めていた。

それは……辺境に土地をもらい、のんびりと暮らすこと。

俺——クロノの人生は、魔法と戦いの連続だった。

もちろん魔法研究は嫌いじゃないし、魔法を使った戦闘は確かに心躍るものがある。

だから今までの人生に後悔はないんだけど……時たま思うのだ。

何かに追われるようなこともなく、ゆっくりと一つの場所に留まって暮らしたいと。

みんなとの二年近い旅の終わりと魔王の呪いというのは、セカンドライフを始めるのにちょうどいい区切りだと思えた。

「小さい頃からの夢なんだよ。自分の土地を持って、定住するのがさ」

今では後進も育ったし、俺の魔法理論はきっちりとテキストに残してある。

わざわざ俺が手ずから手ほどきをしなくとも、後の天才達が技術を発展させてくれるだろうしな。

俺が辺境の土地が欲しいと伝えると、王城は軽い騒ぎになった。

そんな些細な願いだと思ってもみなかったからららしい。

とんでもない量の開拓村を押しつけられ辺境伯に封じられそうになったり、筆頭宮廷魔導師として王国を導いてくれというお願いを丁重にお断りさせてもらったり。それが無理なら魔導騎士団の団長にというラインハルトからの推挙も華麗に躱《かわ》した。

悲喜こもごものやり取りをなんとか終えると、国王であるゼナ三世から無事許可が出た。

「クロノ・フォン・メナスにアリーダの地を与える」

折衷案《せっちゅう》として、俺はアリーダという地方を治める領主の地位に就くことになった。

地方といってもほとんど手つかずで、小さな村が一つあるだけということらしい。

特に深いこととか考えず、好きなように暮らしてくれていいということだった。

アリーダというのは、辺境の最東端にある地域だ。

どうやら狼や熊といった野生動物だけではなく、魔物も出るらしい。

魔王の呪いのせいで俺はいろいろと大変だったりするが、魔王が死んで弱くなった魔物程度であれば問題なく倒せるだろう。

「絶対に遊びに行きますからーっ！」

「休暇になったら僕も行きます！」

「私も、休みが取れたら会いに行きますよ！」

アイラ達は恐らくこれから、忙しい毎日を送ることになるだろう。

一人隠棲《いんせい》を決め込むのが少しだけ申し訳ない気がしないでもないが……呪いのこともあるし。

しばらくの間はゆっくりさせてもらうことにしよう。

こうして俺は王都で開拓に必要そうな物資を大量に買い込んでから、一人辺境へと旅立つのだった――。

第一章　見習い領主のクロノさん

辺境へ向かうために、馬車をチャーターすることにした。

専属の御者を使うためにはそこそこ値段が張るが、魔王討伐で一生使い切れないくらいの金をもらっているから問題はない。

王都ではごたごたがあってできなかったので、アリーダへの道で一度ゆっくりと、呪いについて考えることにした。

まずこの呪いについてわかっていること。

この呪いは禁呪フォビドゥンコードが不完全な形で発動して変質したものであるということ。

そのせいで今、俺の腹には禍々しいタトゥーが入っている。ここに籠められているのは魔王の魔力と、魂の残滓《ざんし》だ。

こいつは魔力を使おうとすればそこに己の魔力を混ぜてくるし、魔法を使おうとすればその魔法式を壊そうと邪魔をしてくる。

結果として俺の魔力コントロールは以前と比べると見るも無惨な状態となっており、いちいち魔法を使うのにもひと苦労しなくてはいけなくなってしまっていた。

幸い、命に別状はない。この呪いのせいで早死にすることはないだろうと、シンシアからは太鼓判を押してもらっている。

だがシンシアでも治せないとなると、解呪《かいじゅ》をするのは相当難しいだろう。

通常アンデッドというのは、肉体から魂が時間をかけて剥離《はくり》することで発生する。

つまり魂というのは時間をかければ抜けていくものではある。

なので恐らく、時間がかかれば魔王の魂も徐々に薄れていくとは思うのだが……魔王グリュニングはいろいろと規格外だったからな。魂が剥離するのに千年かかりますと言われても納得してしまう。

なんにせよ、俺は今後もこの呪いと長いこと付き合っていかなくちゃいけないわけだ。

「よろしく頼むぞ、魔王」

ポンッとお腹を叩く。

ギュルンと腹の辺りの魔力が蠢《うごめ》いた……ような気がした。


呪いにかかっている状態での魔法の使い方をいろいろと試すのは、今までにはないアプローチで少し……いやなかなかに新鮮だった。

俺はこれまで、良くも悪くも力押しで魔法を使っていたことに気付かされたのだ。

概算で今までの三割程度の戦闘能力しかなくなったことで、改めてしっかりと魔法というものと向き合う必要があることに気付いたのだ。

今までの俺の戦闘スタイルは、勇者アイラにも勝るほどの人類最高峰の魔力量に飽《あ》かせて、オリジナルで開発した魔法を使って力業《ちからわざ》で相手をねじ伏せるというやり方だった。

けれど俺は見てしまった。

俺と同じ戦闘スタイルで、更なる圧倒的な魔力で相手をねじ伏せるという、正しく俺の上位互換のような戦い方をする魔王グリュニングという存在を。

あれは正しく別格だった。

正直なところ、どうやっても俺があぁなれるビジョンは見えない（今は呪いもあるし、なおのこと遠く感じる）。

これ以上強くなる必要はないとはいえ、探究心というものは必要だ。今よりも先に進もうという気持ちがなければ、それは死んでいるのと変わらない。

ただ何から始めればいいかわからなかったので、俺はこの旅で魔法という技術そのものを改めて一から勉強しなおすことにした。

そして自分で作った教材を自分で読みながら基礎学習をしていく。

点火などの初歩的な魔法の使い方を改めて突き詰めていくうちに、時間はあっという間に経っており。気付けば三週間近い時が流れ、俺はアリーダにたどり着いてしまった。

……一つのことに熱中すると周りが見えなくなるのは俺の悪い癖だ。こればっかりは年齢も二十八になったというのに、未だに治る兆しすらない。

「というか、俺ももう二十八か……歳を取ったな」

旅を共にしたメンバーは、みんな俺より若かった。アイラは十七、シンシアは十八、ラインハルトは二十一。

「てか、冷静に考えてヤバくないか？　俺もう二十八だぞ」

ダラダラと冷や汗が流れてくる。

周りに年下しかいなかったせいで気付いていなかったが……俺の二十八という年齢は明らかに結婚の適齢期を過ぎている。

魔法にかまけて他の全てを疎かにしたせいだから甘んじて受け入れるべきだろう。

俺の同年代の人間は普通もうちょっと落ち着いているものだし、子供を作っている者も多いはずだ（同年代の友達がほとんどいないので、いまいちピンとはこないんだが）。

「俺も変に強情張らないで、素直に貴族の令嬢でも娶《めと》った方が良かったか……」

先ほどまで魔法のことを考えてるんるん気分で軽くなっていた俺の足取りは馬車を降り、アリーダへ向かうにつれて重くなっていくのだった。

馬車の人間の同行はアリーダの手前の田舎村までだった。

というのも、アリーダは俺が思っていたよりもちょっぴりと辺境過ぎるらしく、まともに馬車が通れるような道がないのだ。

見てみれば、馬車が通った轍《わだち》すらほとんどないレベルだった。

これ……商人の行き来があるかどうかすら、かなり怪しいぞ。

身体強化魔法を使いながら荒れ地を駆けていく。

同時に探知魔法を使いながら、周囲の生き物の気配を探知する。

魔力を使い過ぎないように気をつけながら徐々に範囲を広げていくと、近くにゴブリンの反応がいくつかあった。

だがその数はさほど多くはないし、その強さも以前と比べると明らかに下がっている。

（これが魔王を倒した影響か……）

魔王が倒されたことで、以前より起きていた魔物の活性化現象は収束した。

以前はゴブリンを倒すのにもEランク程度の実力が必要だったが、このくらいなら駆け出しのFランクでも装備を整えさせれば勝てるだろう。

話に聞くのと、こうして実感するのは大きく違う。

自分がやってきたことの成果を確認しているうちに、テンションも戻ってきた。

少しだけスキップをしながら、駆けることしばし。

そろそろアリーダ唯一の開拓村に着くはずだが……と考えていると、村の近くに二つの魔力反応があることに気付いた。

うち一つはかなり反応が弱く、もう一つは強い。

これはゴブリンと……強力な魔物か？

だが注意を向けてみると、追われているのは強い魔力反応を示している方だった。

明らかにちぐはぐな状況だ。

（気になるな……見に行ってみるか）

向かっていくと、そこには舌なめずりをしながら興奮した様子のゴブリンと、脇目も振らずに逃げている少女の姿があった。

弱者を装い相手をおびき寄せる魔物かとも思ったが、どこからどう見てもその反応は人間そのもの。

うん、助けよう。このまま放置していても寝覚めが悪いしな。

「少し試すか」

ここに来るまでに行っていた基礎からの復習。

目の前にいるゴブリンは、そいつを試すのにちょうどいい実験体になる。

「魔法というのは魔力を行使することで発動する事象改変の総称だ。魔法において最も大切なのは当人が持つ資質、そして第二に大切なものが想像力となる」

俺は一人で過ごしてきた時間が長いため、独り言を言いながら自分の考えを吐き出してまとめることが多い。

――この世界では、魔法使いになるために大きく二つの壁がある。

一つは魔力の多寡《たか》、そしてもう一つは想像力の有無だ。

魔力があり、事象を具体的に思い浮かべることのできる者が魔法使いになれる。

そしてそれは裏を返すと、魔力を持つ血筋と事象を実際に目にすることができるだけの余裕がある富裕層しか、魔法使いにはなれないということでもあった。

残酷だが、この世界で魔法が使えるのはほとんどが貴族階級の人間である。

「魔法にはいくつもの種類があるが、その発動方法は一つだ」

魔力は、魔力管と呼ばれる管によって全身を巡っている。

魔法を使うためには全身にバラけている魔法を一ヶ所に集めてやればいい。

手のひらに魔力を収束させ、燃えさかる劫火《ごうか》と蛇をイメージ。

いや、そんなに火力は必要ないか……それなら粘ついて取れないような炎をイメージしてみよう。

「ファイアサーペント」

手のひらから打ち出された炎が、蛇へと形を変えてゴブリンへと襲いかかる。

「ギギイッ!?」

身体に纏わりついた蛇が、その体表を焦がしていく。

ゴブリンはあっという間にやられ、そのまま動かなくなった。

はあっ、はあっと少し遠くの方から聞こえてくる荒い息。

……魔法を使うことに夢中だったせいで、完全に忘れていた。

今の俺は傍から見ると、ブツブツ言いながらゴブリンを魔法一発で殺した怪しい魔法使いだ。

敵意はないことを示すように、なるべく柔和そうな作り笑いをして、ゆっくりと近付いていく。

「大丈夫か？」

「あ、えっと……はい、ありがとうございます」

遠目では少女ということしかわからなかったが、こうしてじっくりと見るととんでもなく容姿の整った美少女だ。

ぱっちりとした二重に、ふるふると震える長い睫《まつげ》。

かなりスレンダーな体形をしているが頬はバラ色で、栄養が足りていないような様子もない。

完全に警戒は取れていないらしく、こちらを訝《いぶか》しそうな表情で見つめている。

「それほど数は多くないが、この辺りはゴブリンも出る。女の子が一人でうろつくには、少しばかり物騒だと思うんだが」

「……お父さんのための薬草を摘まなくちゃいけなくて」

「なるほど」

どうやら親御さん思いの優しい子のようだ。

魔力探知を発動する。周囲にいるのはゴブリンと若干数のオーガくらい。

これなら今の俺でも、問題なく護衛ができるだろう。

「森は危ない。俺でよければついていこう」

「あ、ありがとうございます……」

「魔力が多いみたいだが、魔法は使えないのか？」

「魔力が、多い……？」

どうやら少女は自身の魔力量の多さに気付いてすらいないようだった。

確かにこんな田舎では、魔導師もいないだろうから、知りようがないしな。

「そういえば自己紹介がまだだったな。俺はクロノ……だ……」

貴族名もつけたフルネームを言おうとしたが、そんなことをしたら間違いなくかしこまられるだろうと思い留まる。

堅苦しいのは苦手なので、名前だけを告げることにした。

「私はレナと言います！」

「そうか、それじゃあレナ、改めてよろしくな」

「よろしくお願いします」

「薬草の採取場所はわかるか？」

「はい、この辺りには何度も来ているので」

「ほう……？」

少なくとも俺が探知魔法を使った感じ、そこそこ魔物の数は多い。

何度も行き来してたら、間違いなく魔物に見つかってると思うんだが……まあいい。

とりあえず今は彼女の護衛に専念させてもらおう。


「ファイアボール！」

「ギギイッ‼」

魔法を使ってゴブリンを倒していく。

「凄いです！」

最初の頃に抱いていた俺への疑念は晴れたらしい。

後ろでレナがぴょんぴょんと楽しそうに跳ねている。

どうやら魔法を見たことがないらしく、その目はキラキラと輝いていた。

「魔法がそんなに珍しいか？」

「はい、凄いです！　クロノさんがまさか魔法使いだったなんて！」

確かに辺境の開拓村に魔法使いがやって来ることは少ない。

レナには俺が、おとぎ話の世界の人間にでも見えているのかもしれないな。

「そ……そうか？」

けど、こんな風に純粋に褒められるのは久しぶりだ。

期待されて、頑張ってその期待を上回る……賢者と呼ばれるようになってからは、そんなことばかりしてきた。

こうして打算とかなしに素直に誉められるのは、なんだか新鮮で……悪くない。

褒められて少し照れているうちに、あっという間に採取は終わった。

魔物との遭遇が何度かあったことと、探知魔法と身体強化を併用していたこともあり、魔力の量が明らかに目減りしている。

以前ならこんなことはなかったんだが、ゴブリンと戦っていただけでこれはやっぱり少しくるものがあるな……。

「クロノさん、どうかしましたか?」

「なんでもないさ」

どうやら少し暗い顔をしてしまっていたらしい。

気を取り直してから、村へと向かう。

道案内はレナに頼むことにした。

「クロノさんは、一体どうして開拓村に?」

「うーむ、まあ話せば長いんだが……とりあえず村長に会う用があってな」

「え、お父さんにですか?」

「なんだって?」

どうやらレナは、村長の娘らしい。

村長の娘が、自発的に薬草を摘みにいく。

なんだろう、俺が思っている開拓村とはちょっと……いやかなり違っているのかもしれない。

開拓村に到着すると、入り口の辺りに人だかりができていた。

「レナだ！　レナが帰ってきたぞ！」

「おおっ、レナ、無事だったのか⁉」

どうやら彼らは、遅くなっても帰ってこないレナを探しに行こうとしていたらしい。

レナは村の中では結構、頼りにされてるのかもしれないな。

「誰だこいつ？」

「レナ、彼は……？」

周りを囲まれて、男達にじろじろと品定めのような視線を向けられる。あまり気分のいいものじゃない。

「私の護衛をしてくれたクロノさんです！」

語気強めに言うレナ。

俺に対して失礼なことをしている村人に怒ってくれているらしい。

ほっこりと心が少し温かくなった。

「おおそうか、彼がレナを……」

「でも最近は魔物が……」

「クロノさんは凄い魔法使いなんです！」

おおっと声が上がる。魔法使いパワーは、ここでも絶大らしい。

「そんなの信じられるか！」

一件落着と思われたその時、人を割って乱入者がやって来た。

飛び出してきたのは、木剣を背に担いだ少年だ。

顔にそばかすが散っていて、ずいぶんと体格がいい。

少年は俺の方をぎろっと睨んでいる。

そんなに嫌われるようなことをしたつもりはないんだが……俺、何かやっちゃいました？

「おいおっさん、どうやってレナに取り入った？　どうせ詐術か何かでレナを信じ込ませたんだろ？」

「おっさんって、俺はまだ二十は……」

「ちょっとトリス、クロノさんになんて口の利き方をするの！」

トリスとレナが言い合いを始める。

レナと話す時にそっぽを向いたり顔を赤らめたりする様子を見て俺は確信した。

ははあん、なるほど……トリスはレナのことが好きなんだな。

いいな、甘酸っぱい青春。汗臭さと血なまぐささしかなかった俺の青春と取り替えっこしてほしい。

「とにかく……ええいっ、こうなりゃ勝負だ！」

レナに言い合いでボロ負けにされたトリスが、自棄になってこちらに木剣を振ってきた。

勝負も何もない完全な不意打ちで、いっそ清々しさすら感じてくる。

若さ故の暴走を止めてやるのも、年長者の務めだろう。

「――そいっ！」

俺は身体強化の魔法をかけて、木剣に真っ正面から向かっていった。

身体強化のコツは、強化する一部分にしっかりと魔力を凝集させること。

魔力をしっかりと集中させることができればこんな風に……。

バキィンッ！

「な……」

目を白黒とさせているトリスが握っている木剣は、もう柄しか残っていない。

思いっきりぶん殴ると、木剣はあっけなくへし折れた。

壊れて飛んでいく刀身目掛けて魔法を放つ。

「ファイアランス」

炎の槍は空中に浮かぶ刀身を容易《たやす》く貫通し、そのまま吸い込まれるように上空へと飛んでいった。

「「…………」」

一瞬の静寂。そして次いで……

「「うおおおおおっっ‼」」

爆発的な歓声が上がる。

拍手をしたり指笛を吹いている男の中を歩いていき、呆然としているトリスの頭をぽんぽんと叩いてやる。

「相手の実力はきっちりと見定めておけ。普通なら殺されても文句は言えんぞ」

「う、うぐ……」

ぐうの音も出ないといった様子で唸るトリス。

自分が悪いことはわかっているのだろうが、その行き場をどこに向けたらいいのかわからないのだろう。

「クロノさん、バカトリスがごめんなさい！　でも気を悪くしないでほしいんです、この村に住む人は基本的にはみんな気のいい人ばかりで……」

「大丈夫、ちゃんとわかっているさ。――お父さんのために薬草摘みをしに行こうとする女の子が育つくらい、素敵な場所だってね」

「クロノ、さん……」

ぽーっとしたようにこちらを見上げるレナ。心なしか頬が紅潮《こうちょう》しているように見える。

きっと彼女も、俺と同様褒められて嬉しくなったのだろう。

その気持ちはわかるので、頭をくしゃくしゃと撫でてやる。

「え、えへへ……」

楽しそうににやにやと笑っているレナと一緒に人の波を掻き分けていく。

村長さんの様子を、俺も見させてもらうことにしよう。

ある程度の回復魔法なら、俺も使えるしな。


村の中はゆったりとした時間が流れていた。

外にも防衛設備らしいものは木の柵が地面に埋め込まれているくらいで、衛兵の姿もない。

こんなんでいいのかとも思うが、今まで特に問題が起きたことはないようだ。

なんというか……平和な村だ。

観察をしながら、レナの案内に従って歩いていく。

レナの暮らす村長宅は周りの家と比べるとひと回り大きく作られているが、規模感的には普通のお屋敷って感じだ。

中も簡素な造りになっているので、すぐに村長の部屋の中へと入ることができる。

入ってみると、部屋には薬湯や薬草の青臭い匂いが染みついていた。

どうやら村長の体調は、あまりよろしくないらしい。

「おや……レナかい？」

そこにいたのは、目元が少しだけレナに似ているナイスミドルだった。

彼が村長のライルさんか。

明らかに顔色が悪い。少しやつれているようにも見える。

「お客人か……見苦しいところをすみません。この通り、ここ最近身体の調子があまり芳しくなくて」

ぽすぽすと布団を叩く。

ベッドには傾斜がついていて、いちいち上体を起こさずとも目を合わせられる造りになっていた。

「お父さん、薬を調合してくるからちょっと待っててね！　クロノさんもここで待っていてください！」

それだけ言うとレナはドタドタと足音を立てて、奥の部屋へと入っていく。

早足で歩き去るレナの背中を見て、ライルさんが笑う。

「すみません、なかなか落ち着きのない子でして……」

「とんでもない、親御さん思いの素敵な子だと思います」

「それなら……どうです？　ちょうど適齢期ですし、嫁に娶《めと》ってくれませんか？」

「しょ、正気ですか？　見ず知らずの男にそんなこと……」

「いや、見ず知らずというわけでもありません。あなたのお噂はかねがね承っておりましたから……クロノ・フォン・メナス様」

思わず聞き返した俺に対する答えに、ビクッと身体が動いてしまう。

相変わらず柔和な笑みをしているが、なかなか食えない御仁《ごじん》のようである。

だがまさか……ひと目で見抜かれてしまうとは。俺がそれだけ有名になったということだろうか……なんてな。

「こんな辺鄙《へんぴ》な村に一人でやってくる若者なんかほとんどいませんから。事前に聞いていた外見的な特徴と照らし合わせてみれば、答えはすぐに導き出せます……ゴホゴホッ」

「……身体の調子はもうずっと悪いのですか？」

体調の悪そうないわゆる病人の咳をするライルさんの背中をさすると、少しだけ楽になったようだった。

ライルさんは少しだけつらそうに、額に汗を掻いて笑う。

「そうですねぇ、かれこれ半年近くはこの状況です。本来なら開墾《かいこん》を主導していきたいところでしたが、体調がこれではどうにも……」

「もしよろしければ、いくつか質問をしても？」

「もちろんです」

俺の元パーティーメンバーには、聖女として活動してきたシンシアがいた。

彼女は治癒魔法や神聖魔法、浄化魔法などをマスターした、人を癒やすためのプロフェッショナルだった。

シンシアの往診や魔法を使っている様子を側で観察していたおかげで、俺はある程度回復術士の真似事のようなことができるようになっている。

もちろん本職である彼女には遠く及ばないが、それでも少しくらいは助けになれるはずだ。

問診や触診を行い、似たような症状の病気がないか思い出していく。

幸い、俺はライルさんがかかっている病に心当たりがあった。

「恐らくプロド病でしょう」

「聞いたことのない病気です」

「そうかもしれません、あまりメジャーなものではありませんから」

プロド病というのは、プロドという街で流行ったことから名付けられた病だ。

これは瘴気《しょうき》……特定の条件下で発生する、人間にとって害のある魔力を多量に吸い込むことでかかる病である。

本来プロド病に普通の人がかかることはあまりない。

プロド病にかかるということは、濃密な瘴気が発生する地帯に住んでいるということになる。

そしてそういった地域ではたいていの場合、大量の魔物が発生する。

実際プロド病の由来となったプロドの街は、その後の魔物の大規模軍勢によりなくなってしまっている。

「良かったです……重度の臓器疾患なんかだと俺だと厳しかったですが、瘴気抜きなら問題なくできます。治療しても構いませんか？」

「治療……できるのですか？」

「恐らくは、という但《ただ》し書きはつきますが」

「ぜひ、お願いします」

頭を下げるライルさんに触れ、俺は時空魔法で広げた亜空間から透明な水晶球を取り出す。そしてそのまま浄化魔法を使った。

「トランスファー」

浄化魔法とは、簡単にいえば瘴気や呪いといった人体に害のあるものを体外に排出させる魔法だ。

俺はライルさんの体内に溜まっていた瘴気を出し、水晶球の中へと移す。

トランスファーは、浄化魔法の中では比較的簡単な魔法で、瘴気を消すのではなく移動させる。受け皿である媒体があれば、俺でも問題なく使うことができるのだ。

見れば水晶球の中に、黒っぽい靄《もや》があるのがわかる。

これは……結構量が多いな。長年に渡って瘴気を吸い込んできたのか、それとも……。

「ふむ……」

身体から瘴気が抜けたライルさんは、憑《つ》きものが落ちたような顔をしている。

先ほどまで青白かった血色もかなり良くなっており、明らかに様子が変わっていた。

「一応回復魔法もかけておきますね……エクストラヒール」

回復魔法は怪我や体調を回復させる魔法だ。

俺が使える回復魔法で一番上等なエクストラヒールを使うと、みるみるうちにライルさんから活力が感じられるようになっていく。

「お……おおっ！」

先ほどまで被っていたクールの仮面はどこへやら、ライルさんは立ち上がることができて興奮気味の様子だった。

「動く、動くぞっ！　フハハハハハハッ！」

ライルさんは身体に問題ないことを確認してから、ぴょんぴょんと跳ね出す。

よほど嬉しいのか、完全にテンションがおかしくなってしまっている。

「お父さんとクロノさん、おまたせ……」

ガチャリとドアが開く。

急いできたからか少しだけ額に汗を掻いているレナは、中の光景を見て言葉を失っていた。

少し困った様子の俺と、子供のような顔をして跳ね回っているライルさん。

控えめに言って、理解不能だろう。

「お父さん……お客さんの前でなんてことしてるの！」

「はい！　ごめんなさい！」

土下座するライルさん。

ふんすと鼻息荒くライルさんを跪《ひざまず》かせるレナからは、貫禄のようなものが感じられた。

もしかするとレナは、旦那さんを尻に敷くタイプなのかもしれない。

「まったく本当にお父さんはいっつもいっつも……あれ、立ってる⁉」

今更ながらにレナが気付いた。本当なら回復して感動の親子がひしっと抱き合うシーンだったろうに……いろいろと台無しである。

「治せそうだったからものは試しとやってみたら、上手くいってくれてな」

「そう、クロノ様が治してくれたんだよ！」

「あ……ありがとうございます、クロノさん！　やっぱりクロノさんは……凄いですっ！」

レナの弾けるような笑顔に、心が癒やされる。俺も釣られて、笑みがこぼれた。

そしてライルさんは土下座を止め、俺達二人のことを目を細めながら眺めていた。

なんだか最後はわちゃわちゃだったけど。みんなで笑顔になれたからまあ良しとしよう。

いきなりの来訪でいろいろとてんやわんやだったし、少し気がかりなこともあるが……とりあえずはなんとか上手くやっていけそうだ。

そんな風に思わせてくれる、開拓村での初日だった――。

第二章　森の異変

明けて次の日。

長旅に疲れていたのかぐっすりと眠っているのは、ライルさんが融通してくれた空き家だ。

時空魔法で入れていた不死鳥の尾羽を使った羽毛布団の寝心地は、相変わらず反則的だな……。

もうひと眠りしようかと思いベッドに入ろうとしていたところで、俺の家に来客があった。

誰かと思えばレナだ。なんだか思い詰めたような顔をしている。

「ほんっっっっっっっっっっっとうにすみませんでした！」

今俺の目の前には、とんでもない勢いで土下座を決め込んでいるレナの姿があった。

彼女はここに至るまでの状況を早口で説明し始める。

俺が貴族だということをライルさんから教えてもらったレナはパニック。フランクに接していたせいでどんなことをされるのかと、顔面蒼白になっているようだ。

「今まで通りでいいぞ」

「え、でも……」

「トリスにあんなことをされてもお咎《とが》めなしで済ませたんだ、レナに何かをするわけないだろ」

「そ、それはそうかもしれないですけど……」

それにレナは俺に対してしっかりと敬語を使ってくれていたし、一人の人間として敬意を持って接してくれていた。

そんな人間に対して失礼で返すほど、俺は人間として終わっちゃいないぞ。

「あ……ありがとうございますっ！」

顔を上げたレナの目は赤く腫れていた。

もしかしたらとんでもないことをしたと泣かせてしまったのかもしれない。

なんとなく申し訳ない気分になったので、回復魔法を使って腫れを治しておく。

せっかくなので朝飯でも一緒に取ろうと誘い、二人で部屋に入る。

「わぁ……何ですかこれ！」

昨日の夜、俺が行った部屋の模様替えにレナが目をキラキラとさせている。

たとえ今後ちゃんと家を建て直すことになるにしても、こと自分の家となれば手抜きなどできない。

自身で作った魔道具や最高級素材を使って作らせた各種家具などを設置し、今の俺ができる最高峰のＱＯＬが保てるよう好きなようにやらせてもらった。

「魔法使いのおうちみたいです！」

「まあ、実際魔法使いのおうちだからな」

「確かに！」

興奮冷めやらぬといった様子のレナを椅子に座らせる。

ヒュドラの革とエルダートレントの木材を使った椅子の感触になれないのか、お尻をもぞもぞとさせている。

亜空間から取り出した朝食はシンプルなパンだ。

トーストの上に焼いたベーコンを乗せ、最後に蓋を被せるように目玉焼きを乗せる。

俺はしっかりと焼いたやつよりも、食べてる最中に黄身が割れるくらいのとろとろが好きだ。

「いただきます……美味しいっ！　とっても美味しいですっ！」

「そうか、良かったよ」

一心不乱に食べ進め、あっという間にぺろっと一枚食べ終えてしまう。

物欲しそうな顔をしているので、もう一枚取り出してやることにした。

「あ、ありがとうございます……」

冷静になって恥ずかしくなったのか、顔を赤くするレナ。それでも二枚目に手を伸ばすあたり、相当お腹が減っていたのだろう。

「このご飯は、どこから出してるんですか？」

「亜空間……まあ簡単に言えば、俺が魔法で作ってる空間からだな」

「魔法で作った空間ですか……？」

頭の中にはてなを思い浮かべているのか、こてんと首を傾げながら天井を見上げている。

確かに魔法使いではないレナには、少し理解をするのが難しいかもしれない。

時空魔法というのは、時と空間を司る魔法だ。

これを使って亜空間を作っておけば、そこにはいくらでも物を入れることができる。

亜空間は現世と切り離されているために時間の経過もない。いつだって作りたてのものを食べることができるのだ。

「凄いです！　ということはクロノさんがいれば荷物が持てなくて困る心配がないんですね！」

「そうだな。ただこの魔法が使えると良くも悪くも目立つことも多くてな。以前冒険者をしていた頃は、基本的に俺が荷物持ちだった」

ほんの一週間ほど前のことでしかないのに、少しだけ懐かしい気持ちになる。

もうあいつらと会うことも……いや、それはないか。

俺の予想の斜め上をいくあいつらのことだ。きっとなんやかんやと理由をつけてやって来ては、俺を振り回して嵐のように帰っていくのだろう。

（とりあえず……俺は俺の仕事をしますかね）

領主になったとはいっても、領民はこの開拓村に暮らす人達だけだし、そんなにデカくするつもりもないけどな。

けど任命された以上、俺にできることをしっかりとやるつもりだ。

まずは無難に顔見せと現状の確認からしていくか。

「レナをつけます。彼女はこの村の事情に明るいですから」

ライルさんのご厚意で、レナが俺の秘書的なポジションに就くことになった。

彼女と二人で、開拓村を回っていく。

ゆっくり歩いていると、向こうからもの凄い勢いで誰かが駆け寄ってきた。

トリスともう一人は……知らない男性だな。

二人はこちらにやってくると、平伏して地面に頭をこすりつけている。

男の方が横から、トリスの頭をグリグリと地面にすりつけていた。

「この度はうちの息子が、大変申し訳ございませんでしたっっ‼」

「ご、ごめんなさい！」

どうやら隣にいるのは、トリスの父親らしい。ちなみに名前は、キザンというようだ。

「まさかクロノ様が領主様だとは知らなくて……！」

「ど、どうか命だけは……」

「クロノさん……」

隣にいるレナが、懇願《こんがん》するような顔でこちらを見上げてくる。

そんな顔をされると、なんだかこっちが悪者みたいじゃないか。心配そうな顔をしなくても、
別に取って食いやしないさ。

「トリス。次から喧嘩を売る時はしっかり相手を見てからにしろよ」

「は、はいっ！」

「いくらレナがかわいいからって、誰彼構わず喧嘩を売っていたら本当に死んじゃうからな」

「か、かわわっ⁉」

レナがなぜか俯《うつむ》いてしまった。よく見ると耳が真っ赤になっている。

「み、見ないでくださいっ！」

なぜか俺の方が怒られてしまった。

これが最近よく聞く、若者の逆ギレというやつなんだろうか。

また見たら怒られてしまうだろうから、トリス達の方に向き直る。

「今後開拓を再開する予定だから、今人手が減るのは避けたい」

「それでは……」

「ああ、でもその分トリスには働いてもらうからな。手を抜いたりしたら……わかってるよな？」

「は、はいっ、もちろんですっ！」

俺が許すと、二人はぴゅーっと風のように去っていってしまった。

なんとも忙しい人達だ。せっかちなのは、父ちゃん譲りなのかもしれないな。

気を取り直して村をぐるりと回っていく。

それほど広くはないから迷うことはまずないんだが、なぜだか案内役のレナは凄く張り切っていた。

「人口はどのくらいいるんだ？」

「全員合わせて五十九人です。村の男女の割合は……」

開拓村というのは、ハイリスクハイリターンな村である。

何もないところに村を作るといえば、そのリスクがどれだけ高いか想像するのは容易《たやす》い。

けれど王国には未だ手つかずの土地も多く、耕せるだけ耕してもらった方がありがたい。

というわけで王国は開拓村には開拓が行われてから十年間の税金の減免を始めとして、いくつもの税制の優遇を用意しているのだ。

開拓に成功すればリターンも多いため、ひと旗揚げたいと思うような若者が多い。

環境も厳しくなりがちなので、老人もほとんどいない。

男女の割合はおおよそ半々で、既《すで》に身籠《みご》もっている人や連れられてきた子供も数人いるということだった。

「しかし、よくそんな細かいことまで覚えていられるな……」

「それはもう、村のみんなは家族同然ですから」

そう言って胸を張るレナ。その誇らしげな様子に、思わずほっこりしてしまう。

ライルさんが言っていた通り、彼女はこの村の中のあらゆることに精通していた。

なんでもレナは薬師として、村のみんなの健康を守ってきたのだという。

おかげでレナの村人達からの信頼はかなり厚く、彼女が付き従ってくれているというだけで俺への評価も爆上がりするほどだった。

とりあえず、いきなり領主と領民が対立するという最悪のパターンは避けられそうで何よりだ。

「とりあえず、収穫高の確認をしてもいいか？」

「はい、どうぞ！」

レナに渡された資料を見る。

資料を読んでいく中で、眉間に皺《しわ》が寄っていくのが自分でもわかった。

収穫高的には、皆が食っていける分はある。

食べていくだけではなく、今後の蓄えや子供のための貯蓄なんかに回すだけの余裕もあるだろう。

「ただこれだと、人頭税の支払いが本格的に始まるとなると少し厳しい」

「……そ、そうなんですか？」

ただしそれは、今ならばという話。

税の優遇がなくなる十年後がやってきたら、生活は少し……いやかなり厳しいかもしれない。

この開拓村ができたのは今から六年前。つまり残された時間はあと四年しかない。

四年でなんとかして稼ぐ手段を増やさないと、このままでは開拓村の維持が難しくなってしまう。

「一度ライルさんから詳しい話を聞かせてもらうか」

「もしかしてこの村……なくなっちゃうんですか？」

レナが泣きそうな顔をしながら言う。

知識がないから詳しい税金の内容を理解しているわけではないが、それでも事態が切迫していることには勘付いたらしい。

いつも楽しそうにしているレナに、そんな悲しそうな顔をされると俺の方が困る。

俺は彼女の頭をくしゃりと撫でてやった。

「そんな風にならないために、俺が来たんだ。みんなで一緒に、やり方を考えていこう」

村人達への顔見せを終えてから、一度村長宅へ向かうことにした。


「はい、なので私としては開墾作業を再開するつもりでいます」

昨日より更に体調が良くなっている様子のライルさんから返ってきたのは、俺の予想した反応だった。

レナから聞くと、ライルさんは開拓を主導しながら魔物の討伐などまで実に幅広い業務を行っていたらしい。

体調が悪くなったのには、ライルさんが頑張り過ぎたのもあるのかもしれない。

「やっぱり、開墾が一番手っ取り早いですよね」

新たな産業を興《おこ》すためには、商人の往来や人気を出すための広告や宣伝などにかかる諸経費、軌道に乗せるために必要な我慢など超えなければいけない壁がいくつもある。

だが新たに土地を開拓する分には、労働コストしかかかることはない。

それに新たに開墾した土地は、新たな減免措置の対象になる。

「村人達の生産能力に余剰はありますか？」

「はい、皆まだまだ若いですし。それに稼ぎたいと思っている旺盛な子達ばかりですから」

「それならギリギリまで耕せるようにしちゃった方がいいですね」

どうやら今の若い人達はかなり余裕があるようだ。

ライルさんが言うには、このままだとそう遠くないうちにベビーブームがくるだろうと思えるほどらしい。確かに人間暇ですることもないと、やることをやっちゃうんだろうからな。

「ただ、今、開拓はストップしていましてね。陣頭指揮をしている私が倒れちゃったのも原因ですが、何より森の生態系が荒れてしまっているのが響いていて……」

「そうなんですか？」

「うん、森の詳しい話はレナに聞いた方が早いでしょう。時間がかかるでしょうから、レナの部屋でゆっくり教えてもらうとよろしいかと」

「はいっ！　クロノさん、こちらにどうぞ！」

俺は言われるがまま、レナのお部屋にお邪魔させてもらうことにした。

今まで異性とまったくといっていいほど関わりがなかったので、女の子の部屋に入ること自体これが初めてだ。

「結構綺麗好きなんだな」

「あ、あんまりジロジロ見ないでください……」

恥ずかしそうな顔をするレナにごめんと謝ってから、さりげなく部屋を見渡す。

どうやら細かく掃除をしているらしく、部屋には埃一つ落ちていない。

元々あまり物を置くタイプではないのか、部屋の装飾もかなりシンプルだ。

よく見るとベッドに熊のぬいぐるみがある。

かなり大切にしているようで、そのぬいぐるみには何個も修繕箇所がある。

つぎはぎの熊のぬいぐるみを見ていることに気付いたのか、レナはてとてとと歩いてそのぬいぐるみを胸に抱えた。

「これ、お母さんが私にくれたぬいぐるみなんです。ちょっとボロいかもしれないですけど……私の宝物、です」

縫われてつぎはぎだらけになっている熊は確かに不格好で、あまりかわいくはない。

けど、お母さんの贈り物か……そんなに大切にするなんて、やはりレナは家族思いの優しい子なんだろう。

ん、でもなんだろう。このぬいぐるみ、どこか違和感が……。

少し気になったが、口には出さなかった。

レナやライルさんから、彼女の母親に関する話は出てこない。無駄に藪をつついて蛇を出す必要はないと思ったのだが、口を開くのはレナの方が早かった。

「お母さんは天使のような人だったって、お父さんよく言ってました」

「そうか……」

「私はあんまりお母さんのこと覚えてないですけど……それでもお母さんみたいに優しい人になれたらなって思ってるんです」

「レナならなれるさ、きっと……」

場の空気が、少しだけしんみりする。

居心地の悪くない静かな時間がある程度流れたところで、俺は本題を聞き出すことにした。

「実はここ最近、猪の縄張りがドンドンと大きくなっているんです」

「猪か……確かに厄介だな」

猪は身体がデカくおまけに雑食なんで、本当に何でも食べる。

彼らからすればゴブリンだってご馳走だろうから、確かに繁殖のための条件は整っている。

「しかもどうやらその猪が魔物みたいで……」

「魔物か……グレイトボアーかケイブボアーか……だとしたらちょっと面倒だな」

グレイトボアーもケイブボアーもどちらもなかなか厄介な魔物だ。

ランクはどちらもC、少なくとも開拓村の農民達でなんとかできる魔物ではない。

「とりあえず俺が行こう」

「そんな、危ないですよ！」

「心配しなくて平気さ。猪の魔物程度、なんてことはないぞ」

これは強がりでもなんでもない。

俺は猪狩りは結構得意だ。猪の王とか呼ばれてた魔物だって倒したことがある。

猪は少し臭みはあるが肉は美味いから、今夜は領民を呼んで皆でバーベキューを開いてもいいかもしれない。

というわけで俺は不安がるレナに笑いかけてから、早速猪狩りに向かうことにした。


アリーダの地は、王国の中では東端の位置にあたる。

開拓村はその中でも更に一番の端っこ、飛び出した出っ張りのようになっている部分だ。

森は開拓村の東にぶわっと広がっており、開墾しようと思えばいくらでもできそうだ。

森の中には魔物の反応はさほど多くなかった。俺達が魔王を倒したおかげかは知らないが、魔物の強さもたいしたことはない。

ただ微弱な魔力反応を示す生き物——つまり普通の野生生物の反応が、かなり少なかった。

生態系が乱れていると言っていたのは本当なのだろう。

とりあえず歩いていくことしばし。森の生態系の異変の元凶であろう群れはすぐに見つけることができた。

近付いて確認してみると、事前に聞いていた通り猪の魔物の群れだった。数は合わせて十五頭ほど。あれは……うん、ケイブボアーだな。

ケイブボアーは元は洞穴の中で暮らしていた魔物で、洞穴の中に生える魔力苔を食べていれば生きていられるくらいにエネルギーの変換効率のいい魔物だ。

「ぶうううううっっっ‼」

先頭にいるひと回り身体の大きなケイブボアーが吼えている。

そして近くにいたケイブボアーを突進して弾き飛ばした。

どうやら魔物同士で揉めているらしい。

弾き飛ばされたケイブボアーはなんというか……迫力の足りない見た目をしていた。

つぶらな瞳をしていて、牙の一本も生えていない。体色もピンク色でなんだか……というか、どこからどう見ても身体の大きな豚にしか見えない。

ボスケイブボアーと豚っぽいケイブボアーが戦っている近くでは、他のケイブボアー達が我関せずといった感じで草を食べていた。中には木を倒して幹を齧《かじ》っている個体もいる。どうやら栄養不足らしい。

魔物である彼らに、生物的な意味での食事はほとんど必要がない。

彼らに必要なのは魔力であり、食事は魔力を取るための手段でしかないのだ。

どうやらあのケイブボアーの群れはあまり魔物のいないこの森で魔力をどうにかして補給しようと、手当たり次第にいろんなものを食べているようだ。

そんなことをしていれば、そりゃあ生態系も乱れるというもの。

うん、やはりさっさと駆除しておいた方が……。

(僕は負けない、ぶうううううううううっっっ‼)

火魔法で纏《まと》めてこんがり焼いてしまおうとしていた俺の脳内に聞こえてくる声。その発信源は、劣勢になりながらも戦っているあの豚だった。

これは……念話の魔法か。

魔物の中には稀《まれ》に高い知性を持つ個体が現れる。彼らの中には念話と呼ばれる魔力を使って直接意思疎通ができる者もいる。

どうやらあの豚は、そんな稀少な個体のようだ。

というかさっきからぶうううううっっという雄叫びが、ひっきりなしに頭の中に反響している。どうやら無作為に念話をばらまいているようだ。

魔物同士の戦闘を眺めるのも飽きた。このままではあの豚が死んでしまいそうだし、ここは戦いに割って入ることにしよう。

「ファイアランス」

炎の槍を生み出し、山なりに飛ばす。無事に命中し、ボスケイブボアーの頭をあっけなく貫いた。

やっぱりCランクだとこんなもんだよな。

慄《おのの》いている様子の豚に、念話で話しかける。

（あーあー……聞こえるか？）

（――ぶぶっ⁉）

『何奴《なにやつ》⁉』みたいな感じでバッとこちらを振り向く豚。

「ぶうっ！」

そして豚はこちら目掛けて突進してくる。

ファンシーな見た目とは裏腹になかなかのスピードだ。普通のケイブボアーよりずっと速い。

俺は豚の攻撃をひょいっと避け、その腹に拳を叩きつけた。

それを二度、三度と繰り返す。最後の四発目は、魔法を纏わせた拳で殴ってやった。

吹っ飛び、地面に倒れ込んだ豚の背中に足を置く。靴の形に凹むほど体重をかけてやると、どうやらどちらが上なのか豚にもわかったらしい。

（降参します……）

（わかればよろしい）

俺も念話で返してやる。

さて、こいつらをどうするべきか。

意思疎通ができると、魔物って一気に殺しづらくなるんだよな……。

(この中で一番強いのはお前か?)

(そうです)

(それなら今日から群れのボスはお前だ)

とりあえずこいつらケイブボアー達は殺さないことにした。

なぜかと言われれば、もちろん理由はある。ぶっちゃけこうして話していて情が湧いたというのもちょっとだけあるが、一番の理由はこいつらを開拓に使えるんじゃないかということだ。

辺境では金の使いどころもないだろうし、あまりだぶつかせて経済に影響を与えたくなかったので、俺は亜空間に飽かせて大量の農機具や農具なんかを買い込んでいる。

その中でとある商人に勧められて買ってみた牛犂《うしすき》、こいつを引かせるのにケイブボアー達がちょうどいいんじゃないかと思ったのだ。

なんでも普通に人力でやるよりずっと効率がいいらしい。

牛なんかがやるより遥かにパワフルなケイブボアーが十五頭もいれば、更に何倍も効率よく土地を耕せるだろう。

ただ問題は言うことをちゃんと聞くかどうかだが……。

（他のケイブボアー達は、お前の言うことを聞くか？）

（ちょっと待っててください）

ぶぅぶぅふごふごと鼻息なのか鳴き声なのかわからない声で意思疎通を図ってから、

（群れで一番強いのが僕なので、言うことを聞くそうです）

（そうか、それなら取引をしないか？）

（取引……？）

ケイブボアー達に農具をつけて開拓を手伝ってもらう。もしも村人達が危険に陥ったら、その時には逃がすのを手伝ってもらう。この二点を守ってくれるなら、俺が魔力を含んだ餌を皆に過不足ないように提供するという内容だ。

（やります！）

豚は俺が最後まで言い切るより早く、もの凄い勢いでその小さな右前足をちょんと上げた。

こうと決めたら即断即決らしい。見た目も豚だが、頭脳も豚寄りなのかもしれない。

豚がぶぅぶぅ鳴くと、他のケイブボアー達と一緒にごろんと仰向けになった。

どうやら彼らなりの服従のポーズのようだ。

しかしこう見ると、豚はいいが他のケイブボアー達の見た目が厳つ過ぎるな。それにデカ過ぎるので、牛犂が入るか正直怪しいぞ。

もうちょっと、瓜坊みたいな感じにならないだろうか……。

（あの、一つお願いがあるんですが……）

（なんだ？　俺にできることなら）

（名前をいただけたらと……）

（名前か……ポークでいいだろう）

（ポーク……いい名前ですね！　ありがとうございます！）

すると突然、身体からごっそりと魔力が抜け落ちる。

そしてすぐに、ポークとその後ろにいるケイブボアー達が光り出した！

「まぶしっ！」

激しい紫色の光でやられた目が回復した時そこには……さっきより少しだけピンク色が濃くなったポークと、ポークより小型の瓜坊達がいた。

「――はっ⁉」

「「「ぶぶっ⁉」」」

わけがわからなかった。俺もわけがわからなかったし、ポーク達もわけがわからずぶぅぶぅ鳴いている。

魔法を使ったわけでもないのに魔力が減り、ケイブボアーが瓜坊になり、ポークのピンク色が濃くなる……意味不明な出来事が起こり過ぎて、頭がパンクしそうだ。

だが腹部から感じる熱に、おぼろげながらにこうなった理由を察する。

（俺に宿っている魔王の呪い……間違いなくこいつが理由だろう）

生きていた頃は、魔王という存在そのものが魔物を強力にしていた。

そんな魔王の魔力が籠もった呪いが、なんらかの効果を発揮してこんなことになった。

そう考えるのが自然だろう。

（……まあ俺の願い通りにはなったし、とりあえず結果オーライということにしておくか）

こうして俺は猪退治をするはずが、なぜか豚のポーク率いるケイブボアー部隊（見た目は瓜坊）を手に入れるのだった。

い、一体どうしてこんなことに……。

ポークと戦っていたケイブボアーを亜空間に収納してから、俺は少しビビりながら開拓村へと戻ることにした。

入り口までやってくると、レナの姿が見える。

もしかしなくとも、帰ってくるのを待ってくれていたんだろう。

「クロノさん、おかえりなさ……」

心配そうな表情をぱあっとひまわりのような笑みに変え駆け寄ってきたレナは、近付くにつれ異変に気付いてペースが遅くなっていく。

歩いてこちらにやってくる彼女が、視線を俺の顔から足先へと下げていく。

そこに何があるのかといえば……。

「ぶぅ」

「ぶぶ」

「ぶ～～ふごふご……」

見慣れぬ土地に来て少し緊張している様子の、ポークと瓜坊達だ。

先頭を行く豚と、彼に守られているような形でおどおどしている様子の瓜坊達は、見た目だけならかなりファンシーだ（ちなみに仰向けになった時に確認したんだが、ポークは雄《オス》だった）。

「か、かわいい……」

ポークの見た目は完全に豚そのものだ。

つぶらな瞳に、くるんと巻かれている尻尾。

鼻は濡れていて、耳はピンと立っている。

瓜坊達の方は牙が伸びていて、体色は茶色。そしてポークより、生えている体毛が少しだけ硬めだ。

え、なんでそんなことを知ってるのかって？

ここに来るまでに撫で回したからに決まっているが？

「こいつらが森の生態系を壊していた魔物達だ」

「ええっ、そうなんですかっ⁉」

まあ確かに、この絵本の中に出てきそうな見た目からは想像がつかないよな。

でもこれ、嘘みたいだけどホントの話なんだ。

こんななりをしてるけど、一応Cランクの魔物なんだよ。

「元々は結構ゴツかったんだけど……俺が従わせたらなんかかわいくなった」

説明までアホっぽくなってしまい、頭を抱えそうになる。

俺自身詳しい理屈がわかっているわけではないから、こんな説明しかできないのが非常に悔しい。

「――凄い、さすがクロノさんです！」

だがどうやらレナはそんなことは気にしないらしく、俺の手を握って、ぶんぶんと振った。

レナの手は温かくて、熱さが移ったのかなんだか顔が熱くなった。

「人力の開拓だと時間がかかるからな。彼らに手伝ってもらおうと思って」

「そうなんですか？　豚さん、これからよろしくね」

レナがポークにぎゅっと抱きつく。

豚と美少女……まるで物語のワンシーンのようで、非常に絵になっている。

「ぶぅぶぅ」

抱きつかれているポークも、まんざらでもなさそうだった。

この世に美少女に抱きしめられて喜ばない男はいないが、雄も普通に嬉しいようだ。

レナはそのまま瓜坊達の頭を撫でていく。

攻撃はしないように厳命しているから、瓜坊達はされるがままふごふご言っていた。

あの瓜坊フォルムになってから、彼らの知能が明らかに上がっている気がする。魔物として強くなったおかげで、知性が強化された感じなのかもしれない。

「とりあえず彼らの暮らす小屋を作りたい。木工ができる人はいるか？　ああ、あと農具を調節したいから金属加工のできる鍛治師も頼む」

「ぶぅぶぅ――は、はいっ！　今すぐ呼んできます！」

ポーク達に釣られてぶぅぶぅ言っていたレナが、慌てて走り出す。

か、かわいい……。

（ぶぅ……あのー、餌をもらってもいいですか？）

レナに心を奪われ放心していた俺は、ポークからの餌の催促でなんとか正気を取り戻し、彼らにたっぷりと魔物の肉を食べさせるのだった……。

ケイブボアーのボスを倒したので肉があると聞くと、レナのテンションは爆上がりだった。

そしてそれを振る舞うためにバーベキューでもするかと言うと、彼女はぶんぶんと凄い勢いで頷いてくれた。

「いいと思います！　バーベキューなんて、生まれて初めてしまいます！」

平民の人間にとって、肉はかなりの贅沢品だ。

レナは村長の娘なので食糧事情は普通よりいいはずだが、それでも肉が食べられるのは年に一度あるかないかという頻度らしい。

挨拶回りをしていた時のことを思い返してみる。確かこの村には、狩人はいなかったはずだ。

そもそもの肉の供給自体がないとなれば、レナのミラクルハイテンションにも頷ける。

というわけで今日の夜は、領主の俺主催で打ち上げをすることになった。

ついでにそこでポーク達のお披露目会も済ませてしまうことにしよう。

（とりあえず、急ぎでサイズを合わせてもらうか）

どうせなら今日の宴会で、牛犂ならぬボア犂の効果も確かめてもらうことにしよう。

実際に見てもらった方が、どれだけ開墾が楽になるかわかりやすいだろうからな。

俺が鍛治師のおじさんとサイズを合わせてボア犂を引っ張れるよう調節した時には、既にバーベキューの噂は村中を駆け巡っていた。村の情報は回るのが早いというが、本当にあっという間だった。

準備を終えてから野外の会場へやってくる。

魔法で血抜きをしたケイブボアーを出すと、おおっと周囲から歓声が上がった。

「す、凄く、大きいです……」

「すげぇ……あんなのを倒せる相手に勝てるわけねぇ……」

レナもトリスも驚いていた。なんだか得意げな気分になってくる。

ふふん、凄かろう凄かろう。

エアカッターで肉をサクサクと切り分けていく。

一度部位ごとにブロック肉にして皿の上に纏め、それを更に風魔法で細かくしていく。

ハムくらいに薄く切ったり、肉感が感じられるような厚切りにしたりと何パターンか用意する。

肉好きのために、どどんと大きなステーキ肉も用意してみた。

「おお、すげぇ……まるで魔法みてぇだ」

「いや、魔法みたいっていうか、魔法そのものじゃないか？」

「そっか、にしてもすげぇ！」

「同感だ！」

切り分けたものを亜空間から取り出した机の上に並べていく。

肉だけだと彩りが悪いので、ピーマンやニンジンなんかもザクザクとカットして置いておく。

そしたら最後に、大量の串と二つの箱を取り出す。

用意したうちの一つに串を入れていく。もう一つの空き箱は使った串を入れる用だ。

さすがに俺がいちいち手ずから焼いていくのはしんどいので、今回はビュッフェスタイルでいかせてもらう。

皆で好きなものを好きなように、好きなだけ食べてくれ。

今日は俺の歓迎会やケイブボアー達、それにボア犂のお披露目会もかねている。

せっかくなら大盤振る舞いしようかと思い、いくつか酒樽も用意してある。

けどこの後に話したいこともあるので、最初にいき渡らせるのは普通のジュースにしておく。

開始の時を今か今かと待ちわびる村人達は、口からよだれを垂らしながらこちらを見つめていた。

「えーっとそれでは手短に。改めて、この開拓村を含むアリーダの地の領主のクロノ・フォン・メナスです。今日は堅苦しいことは抜きにして楽しみましょう。それじゃあ……乾杯っ！」

「「「乾杯っ‼」」」

皆がめいめいに食べ物を手に取り騒ぎ出す。

そして宴会が始まった。

俺が肉を切り分けようとすると、村人が代わってくれた。

ただ切れ味が悪く上手く刃が通らなかったので、新しい包丁を貸すことにした。

「ミスリル製だから良く切れるぞ、気をつけて使ってくれ」

「え……わああっ！　まな板ごと斬れたっ⁉」

当日に決めたのでいろいろとてんやわんやで準備不足も多くて大変だが、皆笑みを浮かべていた。

その明るい表情を見ると、頑張った甲斐があったなと思えてくる。

「クロノ様、ありがとうございます！」

「美味しいです、クロノ様！」

歩いていくと口々に礼を言われる。

とりあえずぐるりと一周してひと通り会話をしてから、少し離れたところで待機してもらっていたポーク達を連れてくる。

「皆、ちょっといいか？」

村人の皆がポークと瓜坊達を見て、ざわめき始めた。

「おいあれって……」

「豚……よね？」

「後ろにいるのは猪？　かわいいわね……」

子供からの好評は得られると思っていたが、俺が思っていたよりも五割増しくらいで皆の反応が良かった。

特に女性陣からは黄色い声が上がっており、ポークの方が戸惑っている。

とりあえずポークと瓜坊達に攻撃はしないように言ってから、皆の前に差し出す。

「お、おお……毛が思ってたより硬いな……」

「お腹の毛は柔らかいのね……」

皆が恐る恐るポーク達を撫で始める。最初の一人が出てからは一瞬だった。

開拓村の人間達はポーク達の撫で心地の良さに、完全に虜になっている。

「ぶうぅ……」

ポーク達も撫でられると気持ちいいようで、目を細めて指先に感じ入っている。

どうやら初対面は上手くいったらしい。

ボア達とひとまず打ち解けることができたのなら、次のステップにいこう。

まずは皆に亜空間から取り出したボア犂を見せる。

「これは犂という農具だ。使うと土地の開墾が圧倒的に楽になる。今から実地でそれを証明しよう」

亜空間から取り出したボア犂をポークに取り付ける。

本当なら鼻輪をつけて固定したりするんだが、ポークが嫌がったために今回は胴回りを強く締める形で調整している。

「ぶううっっ‼」

ポークが勢いよく駆け出しはじめる。

さっきたらふくご飯を食べさせたせいか、それとも自分達の有用性を見せつけるためか、張り切ったポークによって土がもの凄い勢いで掘り起こされていく。

固い地面も簡単にめくれ上がるので、何往復もするうちにあっという間に土が軟らかくなっていく。

「「「おおっ‼」」」

目の前で見ただけで、これがどれだけ使えるのかは一目瞭然。

皆が犂を受け入れるまでに時間はかからなかった。それどころか自分から自分からと使用の順番を取り合い始めるほどだった。

全員に行き渡らせるほどには数がないので、順番を決めて使ってもらうことにしよう。

「それと今使っている農具も、新しいものに代えることができたらと思う」

現在皆が使っているのは、鉄の付け刃をつけた木製の鋤《すき》だ。

これを俺が買ってきた鉄製の鍬に切り替える。

最初は使うのに難儀するだろうが、こちらの方が作業効率は上がるはずだ。

タダであげても構わなかったんだが、「そんなのダメです！」というレナのひと声で貸与という形を取ることにした。

収穫高から割合で使用料を引き、俺の王都での売価に達した段階で改めて下げ渡す方法を取ることになった。

「さて、難しい話はこれくらいにしておこう」

頭を使う話を終えたところで、俺はにやりと笑う。

そして亜空間からワイン樽を取り出した。

樽の側面には蛇口がついていて、コップに注げばすぐにでも飲めるようになっている。

その様子を実演して見せると、男性陣から「おおっ！」と野太い歓声が上がる。

「ここから先は――酒宴だ、飲むぞっ‼」

「「「おおおおおおおおっっっっっっ‼」」」

今度は野郎ばかりでなく、女性の方からも声が上がる。

酒もそこまで安いものじゃないからな、この際にたらふく飲んでくれ。

皆が持ってきた器やコップに思い思いに酒を注ぎながら、宴会の第二ラウンドが始まるのだった。


楽しみのあまりない開拓村での久しぶりの祭りだからか、村人達のはしゃぎっぷりが凄い。

あっという間に樽が空き、二つ目を開けなければいけなかった。

面倒なのでいくつか纏めて置いておき、親玉ケイブボアーはあっという間になくなってしまったので肉も追加しておく。

俺は目を細めながら、楽しそうに酒を酌み交わしている村人達の姿を、少し離れたところから見守っていた。

領主である俺が混ざってしまうと、楽しめるものも楽しめなくなってしまうだろうからな。

目上の人間がいるせいで素直に楽しめない飲み会ほどしらけるものはない。

少し寂しさも感じるが……まあ今日はいいさ。

祭りの空気に当てられたのか、ケイブボアーの肉を美味しそうに頬張っているポークを撫でる（ちなみに犂はもう外している）。

あれ、冷静に考えると……それって共食いじゃないのか？

（ポーク、お前ってその肉を食べても何も感じないのか？）

（どういう意味でしょう？　倒された魔物の肉を食べることに何か問題が？）

どうやら魔物の倫理観的にはまったく問題ないらしい。

自然界は倫理とか考えてられないほど厳しい世界のようだ。

弱肉強食な価値観のせいで問題が起きないよう、俺達人間の考え方なんかもきっちりと教えていかないとな。

「クロノさん」

「……おお、レナか」

ポークを撫でながらゆっくりしていると、レナが肉串を持ってやって来た。

「お腹が減ったかと思ったので……」

まるでレナの言葉に反応するように、俺のお腹がぐぅと鳴る。

「ぷっ……」

「あははは」

そのあまりのタイミングの良さに、思わず二人で笑い出してしまった。

そういえば準備するのに忙しかったせいで、俺自身まったく肉を食べてなかった。

今日は一日中動いていたから、お腹もペコペコだ。

ご厚意に甘え、肉を食べる。

脂は多く、野性味の溢れる独特の獣臭がある。

猪の肉は豚の肉と比べると癖が強い。臭みがあるので、好き嫌いの分かれる味だ。

もちろん俺は、好きな方だ。

猪肉には、野営の時には何度も世話になった。多分そのせいで、少し思い出補正もかかっているのだろう。久しぶりに食べる味に、思わず顔がほころんだ。

サバイバルをしながら魔法の武者修行をしていた往年の自分を思い出し、少しだけ懐かしい気持ちになってくる。

「いただきます」

レナも持ってきた串を食べ始める。野菜、肉、魚を満遍なく食べていた。

こういう時に持ってくる食材の種類には、わりと人となりが出るというのが俺の持論だ。

どうやらレナはバランスタイプのようだ。バランスタイプは几帳面で真面目な傾向がある。

「レナはバランスタイプだな……」

「えっ、いきなり何のことですか？」

「いや、こっちの話だ」

「そんな言い方されると、気になるんですけど……」

やっているのがしょうもない食材型性格診断だと正直に言ってがっかりされるのも嫌だったので、適当にお茶を濁しておくことにした。

「ぶぅぶぅ」

ポークは立ち上がると、とことこと歩き出した。どうやら瓜坊達の様子を見に行くようだ。

ちなみにポーク達ケイブボアーは、もう完全に村の皆に受け入れられている。

やはりかわいいは正義なのかもしれない。

二人で串を食べていると、あっという間になくなってしまった。

取ってきますと、レナが立ち上がり串を取りに行こうとする。

俺はつい反射的に、彼女の腕を掴んだ。

「あっ……えっ……？」

「いや……」

喉の奥に突っかかったように、言葉が出てこない。何で腕を取ったのか、自分でも上手く説明が出てこなかった。

なので俺は誤魔化すように魔法を使う。

亜空間からレッドドラゴンのブロック肉を取り出し、カットしていく。

腹が溜まってきたところに猪肉は少しくどい。

火が通りやすいように、カットはサイコロ状にしてみた。

魔法を使っているうちに、冷静さが戻ってくる。

気持ちが落ち着いた頃には、こんがりといい匂いが漂い出していた。

「皆には、内緒だぞ？」

「はい、二人だけの秘密……ですね」

……いや、言い方。なんだかいけないことをしてるみたいじゃないか。

少しだけドキリとしながら皿に取り分ける。焼き加減はレアにしておいた。

塩こしょうでは味気ないかと思い、ガーリックや香草、スパイスなんかもかけていく。

調味料のストックはあまりないが、二人で楽しむ分には十分だろう。

「美味しいっ！」

「うん、やっぱりこの味だな」

ドラゴン肉はとにかく満足度が高い。

脂もしつこくないのにしっかりと甘みを感じるから、いくらでも食べられる気がしてくる。

「こんな美味しいお肉、初めて食べました……これってもしかして、凄い高級なお肉なんじゃ……」

「素材は自分で倒して手に入れたから、実質ゼロコストだぞ」

確かに保存の関係上、ドラゴンの肉はほとんど干し肉でも市場に回らないほどに高価だ。けどドラゴンってめちゃくちゃデカいから、一人だと食べきれないんだよな。

今も俺の亜空間には、恐らく毎食フードファイトをしても食べきれないくらい大量のドラゴン肉がストックされている。

なので本当に気にする必要はないのだ。

「クロノさんといると、今までやったことのないものをいろいろと経験できて嬉しいです！」

「そっか、それなら良かったよ。そういえばレナは、お酒は飲まないのか？」

「そうですね、それじゃあ……一杯だけ」

国によって基準は違うが、王国では成年になるのは満十五歳からだ。

レナは問題なく酒を飲めるはずだが……あれ、そういえば俺、レナの年齢を知らないな。

まずいぞ、もし彼女が未成年だったら、俺は未成年に飲酒を勧めたことになってしまう。

「ふふ、大丈夫です。私は今年で十八ですから」

「そうか、それなら問題ないな」

「そういえば、クロノさんは何歳なんですか？」

「俺か？　俺は二十八だ、十歳違いだな」

「ほっ、良かった……ひと回りは離れてないんですね」

最後の方はボソボソ呟いていたので、何を言っているのかはよく聞き取れなかった。

そしてレナはワインを一杯飲むとすぐに眠ってしまったため、何を言っていたのかは最後までわからずじまいだった。彼女が酒を飲まなかったのは、間違いなく下戸だからだろうな……。

こうしてバーベキュー大会は無事成功に終わり、俺としても満足のいく結果となった。

英気を養ったから、明日からは本格的に活動していくとしよう。

第三章　玄人魔導師による、新米領地経営

バーベキューを終えた次の日、二日酔いでゾンビのようになっている村人達を尻目に、俺は開拓村を後にする。

今回は基本的に短い睡眠で済むポーク達も連れてきた。

向かう先は、東に広がっている森林だ。

今回は中まで入らず、森の入り口で止まる。

何かをしようと決めてきたわけではなく、実際に見て考えを纏めたかった。

（さて、ここからどのように開墾するのがいいだろう……見た感じそこまで木はデカくないから、ひっこ抜くくらいなら問題なくできそうか）

余力は残しておきたいし、魔王の呪いがかかっている状態では、そこまで強力な魔法は連発できない。

だが土魔法を使って地面を弄れば、ポーク達にサクサク木々を引っこ抜かせることができるだろう。

抜いた木材は亜空間にしまっておけば置き場に困ることもないし、細かい根や草なんかの除去と開墾作業自体は村人に任せてしまえばいい。

「よーし、とりあえず木を抜いてくぞー」

「「「ぶぅっ‼」」」

元気よく鳴くやる気十分なポーク達に縄をつけ、それらを樹にぐるりとくくりつける。

「アースコントロール」

使用する魔法はアースコントロール。

地面に干渉して土を動かし、相手が引っかかるような突っ張りや凹《へこ》みを生み出す土魔法だ。

今回はこれを少しアレンジして使い、樹が抜けるように根の部分の土を掘り起こすために使用する。

十五本分の土となると、どかすのにもひと苦労だ。

何度も魔法を使っていると、魔力を結構使ってしまった。

焦らずじっくり、俺にできるペースでやっていこうと思う。

(よし、やってくれ)

(行くよ皆っ！　ぶうううううっっ‼)

「「「ぶううううっっっ‼」」」

さすがケイブボアー（？）なだけのことはあり、もの凄い突進力で進んでいく。

後ろに引っ張られながらも、樹を軽々と引っこ抜いてしまった。

抜いた樹を亜空間にしまい、二度三度と同じことを繰り返す。

一人で黙々と作業をしていたら気が滅入りそうだったので、念話を使ってポークと話をする。

（それでそれで、その時に食べたオークの肉が絶品で……）

俺に気を許してくれたのか、ポークはすっかり饒舌《じょうぜつ》だった。こんなに喋る奴だったのかとこっちが驚くほどだ。

基本的には何が美味しいとかどんな草を食べただとかいったわりとどうでもいいグルメレポートばかりだったが……中にいくつか聞き逃せない情報があった。

早い段階で、こうしてじっくりと話をする機会があって良かった。そう思えてしまうくらいには重要な内容だ。

（それでですね、やっぱり飢え死にしかけている時に飲む川の水はありえないくらいに美味しくてですね……）

どうするべきかと頭を悩ませながらポークの水談議を聞き流していると、百二十本ほど樹を抜いたところで魔力的な限界がきた。

よし、今日はここまでだな。

「ほら、ごほうびだぞ」

「「ぶぶっ！」」

亜空間から魔物肉を取り出すと、待ってましたとばかりに頬張りだす。

この小さな身体のどこにそんなにたくさんの量が入るんだろうか。

いろいろと突っ込みたくなるのを我慢しながら餌やりを終え、開拓村に戻る。

家へ迎えに行くと、レナは既に準備を終えていた。

「今日は何をするんですか？」

「早速ボア犂を試してみようと思うんだ。とりあえず木だけは抜いたから、まずは住民を集めてもらえるか？」

「えっ、もうできちゃったんですか⁉」

レナは既《すで》に割り振りを終えていたようで、ボア犂を最初に使えることになったというメンバーがやって来る。その中にはトリスとその父親のキザンの姿もあった。

彼らと一緒に森へ向かうと、村人達は絶句していた。

「何だ、これ……」

「木が、なくなってる……」

……そんなに凄いか？

俺からするとまだまだだと思うんだがな。

そもそも土魔法自体、そこまで得意ってわけでもないし。

「クロノさん、凄いです！」

レナがキラキラとした目で整地された地面を見つめている。

ある程度均《なら》しはしたが、土魔法はそもそも土地を耕すことには向いていないし、俺は土のこともあまり知らない。

なのでここから先は農民である彼らの本領だ。

今回のメンバーの中で最も年長者である初老の村人がペロリと土を舐める。

「土の質もそこまで悪くありません。開墾が終われば、麦も問題なく作れると思います」

「そうか、既に瓜坊達の準備はできているから、後は任せたぞ」

皆が驚いている間に、ボア犂の装着は完了している。

「「ぶぶっ！」」

瓜坊達が元気いっぱいに地面を駆け出していく。

その様子をしばらく眺めて問題ないことを確かめる。

「クロノさん、何をされてるんですか？」

「ん？　ちょっと古なじみに手紙をね……」

今後の布石として、一通の手紙をしたためる。

手紙もすぐに書き終えたので、瓜坊達の作業が一段落したところで、俺はレナと一度村へ戻ることにした。

木を引っこ抜く作業をしながらポークから聞いた話とその末に出した結論を、ライルさんに聞いておいてもらう必要があると思ったからだ。

「結論を言います。開拓はある程度進めたら、一旦止めようかと思っています」

「ある程度とは、具体的にはどれくらいのことを指すのでしょうか？」

「そうですね……とりあえず皆が人頭税の支払いをできるくらいの耕作地を確保できるまでです。この村の住人は六十人はいませんから、そこまで広くはならないかと」

「そうですか……確かにクロノ様のお手を煩わせるのは忍びないですから、以後は私達の手で……」

「ああいや、魔法で木をどかすくらいなら問題ありません。というか自分も手伝いをすること自体は問題ではないんです」

そう、つまるところ問題はまったく別のところにある。

それは俺がポーク達を配下に引き入れた時からずっと気になっていたこと、つまり――彼らがこの森にやって来るようになったその理由だ。

俺の懸念を話すと、ライルさんもレナも頷いている。

「確かに、考えてみればおかしなことではあるんですよね……」

「そう、ケイブボアーは本来この森に住んでいなかった。レナも言ってましたけど、元々この森にはわずかにゴブリンが出るのを除けば、ほとんど魔物は出なかったんですよね？」

「……はい、おっしゃる通りです。ゴブリンであれば村の自警団でも倒せますから、開拓村はついこないだまでは魔物被害に悩まされることはありませんでした」

突然外来種であるケイブボアー達が森に来たせいで、生態系が壊されてしまっていた。

彼らは本来、こんなに魔力の弱い魔物しか出ないような場所に出現する魔物じゃない。

となると当然ながらある疑問が湧いてくる。

——ポーク達は、なぜこちらにやって来たのか？

その答えは、先ほどポークから聞いた話の中にあった。

(縄張り争いで負けて、追い出されてしまいまして……端へ端へと追いやられ続けた結果、ここにたどり着きました)

ポークの証言によって、この森の奥深くにはケイブボアーでも到底敵わないような魔物が棲み着いていることがわかったのだ。

どうやら森の奥は相当に複雑な生態系ができあがっているらしく、いろいろな魔物がしのぎを削って熾烈《しれつ》な縄張り争いを続けているらしい。

「なんという……」

「そ、そんな……それじゃあ、この村は……」

話を聞き、眉を顰《ひそ》めるライルさんと絶望の表情を浮かべるレナ。

二人の反応は何もおかしくない。

自分達が暮らしている村の近くにある森がそれほど危険な場所だと聞かされて、不安に思わないはずがないだろう。

もちろん二人をむやみやたらに脅かしたくてこんな話をしたわけではない。

対策のための腹案は、既に用意してある。

本当なら黙っていてもいい話をこの段階で話しておくのは、レナ達を安心させるためだ。

「森の開拓を浅い部分で止めるのは、強力な魔物達をむやみに刺激することがないようにするためです。なので俺は開拓をゆったり進めながら……応援を呼びます」

「あっ、それはさっきの……」

指と指の間に手紙を挟みながら取り出すと、レナが思い出したように声を上げた。

亜空間を開き、いざという時のために用意してある伝書鳩型の魔道具を取り出す。

こいつは魔力を籠めることで、事前に登録した場所へと飛んでいってくれる優れものだ。

ぱかりと中を開き、そこに先ほど見学中に書いておいた手紙を入れ、再び閉じる。

「くるっくー」

魔力を籠めると鳩が起き上がり、パタパタと翼をはばたかせて飛んでいった。

「あの方角は……」

「鳩が向かった先は――王都です」

「手紙は一体、誰宛なんですか？　たしか、古なじみとかなんとか……」

「ああ、俺が手紙を出したのは――国王ジグ三世ですよ」

「――こっ、国王様っ⁉」

手紙はいろいろと面倒も見てきて、王太子の頃から知り合いだった国王のジグ三世宛てだ。

そしてその内容は――騎士団の派遣要請である。

被害が大きくなると判断した場合、貴族は己の裁量で国王陛下に騎士団の派兵を要請することができる（もっともこれをやると自分に統治能力がないと認めるも同然なので、基本的に貴族がこの制度を使うこと自体滅多にない）。

けどアリーダで魔物相手の防衛戦なんかとてもじゃないができるわけがない。

もちろん俺も戦えないことはないが、生憎《あいにく》呪いのせいで体調は万全には程遠い。

単独で長時間の探索をするのはもう無理だし……付け加えるなら、俺には魔王の呪いがある。

あのせいでポーク達に変化があったことを考えると、俺が魔物達にどんな影響を与えるのかがまったく想像がつかない。下手を打って魔物が以前と同様に強力になったりしたら目も当てられないしな。

ということでやっぱり餅は餅屋ということで、国王に援軍要請を出させてもらった。

「まあこれで、王国が手を打ってくれるはずです。俺達はそれまでゆっくりのんびり開拓をしときましょう」

「ほ、本当に大丈夫なんでしょうか……？」

「どうやら魔物達がいるのはかなり奥の方らしいので、問題はないですよ。それに……まあいざとなったら、俺が皆を守ります。以前と比べると弱くなりましたけど……ここの皆くらい、俺一人で守りきってみせますよ」

「ク、クロノさんって、本当にすごい人なんですね……知ってはいたつもりですけど……」

上目遣いでこちらを見上げるレナの瞳は潤んでいて、頬もなぜだか紅潮している。

俺は彼女の頭を撫でて頷いてやる。

倒すのは無理でも、皆を逃がすことくらいなら今の俺にもできるはずだ。

だからそんなに心配しなくても大丈夫さ。

「さて、それじゃあ次は大工のところに行こうか。大量の木材が手に入ったから、これを使ってポーク達の豚小屋を作ってやりたいんだ」

「――は、はいっ、お供します！」

レナに笑いかけてから、ライルさんの屋敷を後にする。

別れ際にライルさんはこちらを見て目を細めて笑っていた。

この時の俺は、まったく想像もしていなかった。

まさかあいつがわざわざ、ドがつくほどに辺境の地であるアリーダまでやって来るなんて……。

第四章　剣聖ラインハルト

カーライル王国国王、ジグ三世は歴代の王と比べてそこまで頭脳明晰なわけでも、何かに特化した特殊な才能を持っているわけでもない。

けれど現在彼は賢王として国民から親しまれている。

その理由は実に単純だった。

――彼は自分に才能がないことを理解し、早々に全てを自分でやることを諦めたのだ。

「できるやつがいるなら、そいつに任せればいい。頭の悪い俺よりも、そいつの方がきっと上手くやれるだろう」

ジグ三世は家臣からの反対を押し切り、優秀な人間に大きな裁量を与えるようになっていく。

彼は年齢や家系すら関係なく、優秀な者を見つけては引き立て、能力を最大限に引き立たせる立場を与えていったのだ（ちなみに彼は優秀な人間の目利きすら、人物眼を持つ配下に任せている。そこまで無制限に人を頼ることができるというのが、ジグ三世の一番の才能なのかもしれない）。

それによって目をつけられ芽を出した有名人も多い。

その中で現在最も有名なのはやはり、魔王を倒す救世の旅で勇者に同行していた賢者クロノ・フォン・メナスだろう。

彼は元は平民でありながら宮廷魔導師に引き立てられ、王国の魔道具の普及に関して多大な功績を残している。

そして次に有名な人物こそが……

「ラインハルト・フォン・ライエンベルク、陛下の招聘《しょうへい》に応え馳せ参じました」

「よく来たなラインハルト」

——剣聖、ラインハルト・フォン・ライエンベルクである。

早くからその才能を見出し、聖騎士へと引き立てたのはジグ三世その人だ。

故にラインハルトの国王への信頼は厚く、またジグ三世もどんな出来事にも柔軟に対応できるラインハルトのことを信用していた。

現在のラインハルトの役割は、王太子であるフリードリヒの剣術師範役兼高鷲騎士団の団長である。

責任ある立場になったからか、ラインハルトの顔は救世の旅をしていた頃と比べると少し疲れているように見える。

けれど彼の瞳には強い意志が宿っており、何千人もの人々を見てきたジグ三世ですら凄みを感じるほどの気迫があった。

「お前……なんだか老けたか？」

「はは、ありがたいことに初めてのことばかりで慣れない部分も多く……鍛練にも手は抜いていませんから、確かに疲れは溜まっているかもしれません」

「そうか、それなら単刀直入に言う。休暇がてら、アリーダに行ってこい」

「アリーダに、ですか……？」

ただの辺鄙な田舎であるアリーダ。だがしかし、現在その土地の名を知らぬ者はいない。

なぜならそこは賢者であるクロノが、セカンドライフの隠棲のためにともらった辺境の地だからだ。

クロノが暮らすのなら、例え採算など取れなくともそれだけで街道を引く価値があるのでは？

大真面目にそんなことが語られるほどに、クロノの影響力は絶大だった。

現在は彼の不興を買わないよう商人達はなりを潜めているが、何かきっかけがあれば一気に動き出すであろうことは想像に難くない。

クロノは本人が思っているよりもずっと、王国に……世界に多大な影響を与えていた。

魔法バカである彼は、自分が他人からどんな評価を受けるかということにまったくといっていいほど頓着《とんちゃく》がない。

彼が生み出した新たな魔法技術や魔道具作成技術がなければ、王国はここまでの繁栄を享受できてはいない。彼の技術は王国に莫大な利益を生み出し、それは現在も継続している。

王国が他国と比べて一歩抜きん出た魔法技術を持っているのは、彼の貢献に拠る部分が非常に大きかった。

そして彼がいなければ間違いなく、魔王は倒せなかった。

魔王は勇者の一撃でなければ倒すことはできない。

だが勇者が一撃を入れるための隙を作ったのは、間違いなくクロノだった。

「クロノから派兵の要請が来た。どうやら森の奥に凶悪な魔物が巣食っているようで、領地が危機に晒《さら》されているらし……」

「――行かせてください」

ラインハルトは不敬であることを承知の上で、王の言葉を遮《さえぎ》った。

他の誰でもないクロノを守るためなら、彼は己の剣を振るうことをためらわない。

魔王を倒したことによる混乱にもある程度の目処《めど》がつき、現状は小康状態といっていい。

余裕がある今ならば、騎士団を派兵してもさほど問題はないだろう。

それに……。

「僕らは最後の最後でクロノさんに呪いを背負わせてしまった。可能なら恩返しをして、彼の力になってあげたい……それは僕達三人の望みです」

クロノがアイラに代わって魔王の呪いを受けてしまったことを、ラインハルトは今でも昨日のことのように思い出す。

自分にも何かできることはなかったのか。どうすればクロノがやられることなく勝つことができたのか。

三人が会えば、話す内容はクロノのことばかりだ。

そもそもの話、ラインハルトは救世の旅以前からクロノに強い恩義を感じている。

そのクロノが騎士団の応援を求めているというのなら、そこに向かうべきは自分が団長を務める高鷲騎士団でなくてはならない。ラインハルトの瞳の輝きが強くなった。

「わかった、後ほど正式な辞令を渡そう。これから忙しくなるぞ」

王もクロノによって多大な恩恵を受けている。アリーダを領地として渡しただけで清算が終わったなどとは、彼の方も考えていなかった。

こうしてアリーダの街に、ラインハルト率いる高鷲騎士団が全員で向かうことが決定した。

いや、田舎村を守るのに騎士団全軍とか何を考えてるんだ、どう考えても過剰戦力だろう。

この場にクロノがいればそう突っ込んだのは間違いない。

けれど王都ではクロノの影響力があまりにも大き過ぎるせいで、誰一人としてそれを過剰とは思わず、むしろもっと規模が大きくなっていくのだった――。


「――はっくしょん！　ぶえっくしょん！」

「風邪ですか？」

「いや、別に体調は問題ないぞ」

自慢じゃないが、俺はほとんど病気になったことがない。罹患《りかん》してもすぐに回復魔法で治せるから、体調不良でダウンしたことは一度もない。

「誰かが俺の噂でもしてたのかもしれないな」

「クロノさんは凄い魔導師ですから、どこかできっと噂されてたのかもしれませんね」

そう口にするレナは、根拠もないのにそうだと確信している様子だった。

ちなみに彼女は、俺が救世の旅を行った賢者クロノであることを知らない。というか、驚くべきことに俺の素性を知っている人間がライルさんくらいしかいない。

そのライルさんですら、俺が貴族ということを知っているくらいで、正確なことはあまりわかっていないはずだ。

開拓村はかなりの田舎で、余所《よそ》からの情報の伝わりが極端に遅い……というかほとんど皆無だ。村内での噂は一瞬で広まるというのに……これが情報格差ってやつなのか？（多分違う）

商人すらほとんど来ないこの村は、ある種外から隔絶された特殊な空間になっている。

なので俺的にはぶっちゃけ……めっちゃ気楽だ。

王都にいたら握手を求められたり、妊婦さんにお腹を撫でるようせがまれたり、子供達にキラキラした目で見つめられたりと、俺が移動をするだけでイベントが発生してしまっていたからな。

いいことばかりじゃなく面倒ごともひっきりなしにやって来てたし。

断れないパーティーなんかに行って慣れない作り笑顔をしたり、大貴族の令嬢に俺の魔法や戦闘のエピソードトークを披露したりとかな……あれはしんどかった。

自覚してるけど、俺のコミュニケーション能力は高くない……というか低い。

そんな奴が誰かと会う予定を詰め詰めに入れられたら……もうどうなるかわかるだろ？

俺は正直、もう二度とあんなことをしたくない。

誰も俺を知らないこの空間は、ある種の理想郷といえるかもしれない。

「そろそろ開墾も落ち着いてきたから……俺も動き出すか」

ポーク達という魔物重機を使ったサクサク開墾作業は順調に進んでいた。

開拓村の開墾作業は、ある程度のところで打ち止めにするつもりなので、もうそろそろ止めてもいいかもしれない。

さて、その間俺が何をしていたかというと……ぶっちゃけ何もしていない！

レナと一緒にお茶をしたりしながら、ゆったりと過ごしていた。

……いや、俺にも言い分はある。

俺は気付いてしまったのだ。

そもそも俺はここに、戦いと魔法ばかりの人生に一旦区切りをつけ、田舎でスローライフを送るために来たのだ。

それなのに忙《せわ》しなく動いていては本末転倒過ぎるのではないか、ということに。

というわけでここしばらくは、わりと適当な段取りで場当たり的に過ごしていた。

村社会だから基本的に隠し事はできないし、開拓村でやっていこうと皆の団結力も高いので、俺が決裁をしなくちゃいけないような問題もほとんど起こらない。

そもそもの話、あまり悪さをするような人もいないしな。

この開拓村は王都と比べると、時間の流れが凄くゆっくりしている。

村人達も時間や仕事に追われることもなく好きな時間に働き、好きな時間にシエスタしている。

少々退屈だと思う時もあるが、きっと人にはこういった時間も必要なのだ。

けどずっとぼーっとしていても、それはそれでダメになってしまう。

やろうと思ってたことはいくつかあるから、とりあえずあまり急がずにやっていくか～……って、ひょっとすると俺も村の雰囲気に当てられてるのかな?

俺はレナと一緒に、開墾されている土地へとやって来た。

ポーク達の活躍もあり、地面は掘り返されてふかふかになっている。

聞けば、そろそろ種を植えようかという話が出てきているらしい。

その話を小耳に挟んだことで、俺は自分にしかできないとあることをやろうと思い立っていた。

それは——用水路の建設だ。

「後々のことを考えると、どうやって引くのがベストだろうか……」

開拓村の近くには河川が流れている。

だからこの森を開拓した新たな土地にも、あちらから水を引いてくるのが手っ取り早いだろう。

だが水路というのは、いろいろと問題も起こりやすい。なので土地が拓《ひら》かれる度に作るのではなく、ひと通りの目処がついたところで一気にやってしまうことにしたのだ。

「えっと、ここからここまでがアースさん家の土地で、こっちからあそこの石が置かれているところまでがボルさん家の土地です」

開墾した土地の割り振りは、一人ごとではなく家族ごとに行うことにした。

人が少ない開拓村では子供も貴重な労働力だし、勝手知ったる家族で力を合わせてもらった方が、効率良く作業ができるだろうしさ。

土地がどんな風に分けられているのかを確認してから、次に川からどういう経路で水路を引くか考えていく。

当然ながら水路の伸ばし方で上流下流の問題も出てきたりするし、水害が起こった時のことも考えなくちゃいけない。

川が氾濫しても水が押し寄せてこないように水路を網の目状に分散させる形にしよう。

一旦目印をつけてから、土魔法を使う。

「それじゃあ行くぞ――アースコントロール」

一日に何百回も使って熟練度が上がりまくっているので、今のアースコントロールは、最初の頃とはまったくの別ものだ。

今では土を自分が思った通りに動かすこともできるし、さらに土の状態を泥にしたり石並に硬度を上げたりすることもできるようになっている。

まずは水路を軽く成型していく。アースコントロールは視認できる範囲にしか使えないので、開墾地から川まで歩きながらの作業だ。

「わあっ、凄いです！　どんどんと水路ができていって……」

アースコントロールで全てを作ってしまってもいいが、それだと強度に不安が残る。

ということで一度仮の水路を作ってから、それを徐々に御影石で作った本物の水路に置き換えていくつもりだ。

川から主要な水路を一本引き、そこに付随する小さな水路を繋げていったところで魔力が切れる。

「ふう……今日はここまでにするか」

「ありがとうございます！　クロノさんのご活躍で、皆大助かりですっ！」

「うん、久しぶりに結構頑張ったな」

俺にとって魔法というのは、魔物を倒すための戦闘の手段でしかなかった。

しかしこの開拓村に来てからは、魔法を何かを倒すためではなく、誰かのために使うことができるのだということを知った。

魔法とはきっと俺が思っていたよりもずっと自由で、素晴らしいものだ。

魔法の使い方を柔軟に考えろ、などと賢《さか》しらに言っていた自分が恥ずかしくなってくる。

家に戻ろうとすると、当然のようにレナが後ろをついてくる。

彼女は俺の秘書的なポジションなので、基本的に仕事の時間は俺の隣にいてくれる。

そしてついでに言うと、特にすることがない時も俺の隣にいることが多い。

なんていうか、一緒にいて居心地がいいんだよな。レナといると落ち着くというか……。更に改装を加えた我が家に入り、二人でお茶を飲む。

魔道具が配置された我が家の過ごし心地は、王都の屋敷にまったく劣っていない。

時計を見ると、時刻は午後三時を回ったばかりだった。

昼ご飯は食べたが、少し小腹が空いてくる頃合いだ。

見ればレナが、少しだけそわそわしている。落ち着かない様子で、時計を見たりこちらを見たりと視線がふらふらと動いていた。

思わず笑みをこぼしながら、助け船を出してやる。

「おやつ食べるか？」

「えっと、その……はい」

レナが恥ずかしそうに首肯《しゅこう》した。何日経っても慣れないのか、小さくふるふると震えている。

午後三時になるとおやつを食べるのは、最早《もはや》恒例行事になりつつあった。

なので恐らく本人は無意識なんだろうけど、三時になるとレナは露骨にそわそわし始める。

彼女は甘い物には目がないのだ。

「えっと今日は……どれにするか」

ずっとお預けをしていてもかわいそうなので、亜空間を広げて、本日のおやつを選ぶ。

そうだなそれじゃあ今日は……王都の有名洋菓子店『木陰の隠れ里』のスイーツにしようか。

俺はとあるお菓子を取り出すと、それをドカンと皿の上に載せた。

「こ、これは……？」

「これは――バウムクーヘンっていう菓子だ」

「見た目は……平たいドーナツみたいです」

どっかりと皿の上に鎮座しているのは、直径が三十センチほどもある大きな丸だ。

以前ドーナツを食べたことがあるレナは、両者の共通点を見出した。

確かに、ドーナツみたいに真ん中に穴が空いている。

生地を固定するために入れていた棒の部分のスペースだと当たり前のように捉えていた

が……言われてみると確かに平たいドーナツに見えないこともない。

「……（ごくり）」

人がこんなに綺麗に生唾を飲み込む様を、俺は生まれて初めて見たかもしれない。

レナの視線は完全に目の前の皿に釘付けになっていた。

バウムクーヘンは、王都ではわりとメジャーな焼き菓子だ。

クッキーほど市民権を獲得しているわけではないが、ある程度金がある人間なら一度は食べたことくらいはある。

俺もいろいろと食べてきたが、バウムクーヘンに関してはこの店が一番だ。

ここは余所と比べると少し値段が高い代わりに、いくつかスペシャルな点がある。

まず最初に、見た目が美しいということ。

ここのバウムクーヘンは焼かれている生地外周の部分にまでこだわっている。

今回食べるこいつはプレーンなので、外周が固めた砂糖でコーティングされている。

これが氷の世界に閉じ込められた菓子みたいで、かなり綺麗なのだ。

ちなみに他にチョコレートを使っていたり、ジャムを混ぜ込んだゼラチンなんかが使われているものもある。バリエーションが豊かなのも魅力の一つだ。

別に俺が作ったわけでもないし、長々と話をするつもりもない。

魔法でバウムクーヘンを八つに切り分け、皿に載せて手渡す。

レナはかしこまって頷きを返してきた。

「い、いただきます」

木のフォークで恐る恐ると口へ運び……ぱくり。

「お……美味しいですうぅっっっ‼」

目を白黒させながら、凄い勢いで食べ出すレナ。

あまりにも欲望に素直なその様子に苦笑しながら、ぱくりと俺もひと口。

口に入れてまず最初に感じるのは、濃厚なバターの風味だ。

この店は生地に大量のバターを使っており、その分だけふんわりというよりしっとりとした食感をしている。

「うん、美味いな」

久しぶりに食べたが、以前と変わらない素晴らしい味だ。

ひと切れ食べただけで確かな満足を得られるだけのインパクトがあるのがいい。

そのくせボリュームもかなりあるので、ご飯を食べなくてもこれだけで十分腹にたまる。

そのコスパの良さも、俺が好きな点のうちの一つだ。

「あの、すみません、おかわりをもらっても……」

「ああ、いいぞ。でも食べ過ぎて、夜ご飯が入らないなんてことがないようにな」

「わ……わかりました、我慢します、うぅ……」

さすがにこれ以上食べると夕飯が食えなくなると感じたのか、レナは伸ばしかけていた手をぴたりと止める。

そのあまりに物欲しそうな迫真の表情に根負けした俺は、亜空間から紙の箱を取り出した。

「よければ切り分けるから、後でライルさんと食べればいい」

「あ……ありがとうございます！」

こんな風に俺達は、三時の時間になると一緒におやつを食べることが増えていく。

この時間は忙しい時もそうでない時も続く、俺にとって大切な時間になっていくのだった……。


「クロノ様、大変です！」

それは俺が川からの用水路を作り終え、農業を始めるための態勢を整えてからすぐのことだった。

試しに植えてみたいくつかの野菜の種が発芽しているか確認していると、村人のアルスさんが血相を変えて走ってきた。

確かにこの村はあまり変化はないけれど、さりとて何も起こらないわけじゃない。

領主として頑張るかとよっこらせと立ち上がる。

「とんでもない数の軍団がこっちにやって来てます！」

「何だって⁉」

めちゃくちゃ大事だったので思わず目を見開いてしまう。

すわ敵の襲来かと思って詳しい話を聞いてみると、どうやら違った。

魔物が襲ってきたのかと思っていたが、軍団というのは人の集団だったのだ。

やって来たのは西からで、集団の先頭ではためいているのが鷲の旗らしいと聞いて、ほっとひと息つく。

「安心してくれ、それは王都からの援軍の騎士団だ」

考えてみれば、大量の魔物が突然動けば俺の探知魔法ですぐにわかる。

今は魔力のリソースのかなりの部分を東の森への警戒に当ててるからな。

どうやら王様は迅速に対応してくれたらしい。

騎士団の移動速度から考えれば、手紙が届いてからすぐに動き出してくれたのだろう。

「しかし鷲の旗か……まさかな……」

そのまさかだった。

アリーダにやって来たのは、今や王国で忙しく動き回っているはずのラインハルトだったのだ――。

「お久しぶりです、クロノさん」

「……（絶句）」

「どうかしましたか？」

「いや、だって……騎士団長がわざわざ来ても平気なのか？」

そりゃ問題ないから来たんだろうけど、俺としてもまさかラインハルトが来るとは思ってなかった。騎士団長になったばかりで、わざわざこっちにやって来る余裕なんてないと思ってたからさ。

久しぶりに会ったラインハルトは、以前と変わらないキラキライケメンだった。

短く切り揃えた赤銅色の髪の毛に、意思の炎がメラメラと燃えている真っ赤な瞳。

腰に下げている剣は救世の旅の時と変わらぬ聖剣だったが、着ている鎧が前より立派なものになっている。

やはり団長になると、いろいろと変わることもあるのだろう。以前より顔つきが少し大人びている気がした。

「元気にしてたか？」

「はい、おかげさまで。クロノさんの方はどうですか？」

「俺か？　俺は……のんびりやらせてもらってるよ」

ここ最近は水路作りにかかりっきりになっていたけど、一日の作業時間自体はそんなに長くない。

余った時間は木陰で昼寝をしたり、レナとおやつを食べたり、なんとなく散歩したりして過ごしていた。

鈍らないように魔法も使ってはいるが、全体を通してみると暇な時間の方が多い。

「積もる話もありますが……とりあえず、騎士団の皆の野営地を作る場所とかってありますかね？」

「何人連れてきたんだ？」

「団員全員、二百人です」

「全軍連れてきたのか……」

しかし二百人の騎士か……それなら農地にする予定の開拓地を使ってもらうか。

踏まれれば土は硬くなるだろうが、魔法とボア犂の合わせ技でなんとかできるだろうし。

騎士団の皆に軽く挨拶をしてから、開拓地へと向かう。

「何だこれ……」

「森が切り開かれているのか……？　報告にはなかったはずだが……」

森に隣接している謎の空き地を見て、騎士団員達が訝しげな顔をしている。

確かに開拓って、そんな急激に進んだりはしないからな。

人数の少ない開拓村にしてはペースが急過ぎたら、おかしくも思うか。

「俺の魔法を使ったからな」

「クロノ卿の……なるほど、それなら納得です」

「おいっ、あそこに魔物がいるぞ！」

「ぶぶっ⁉」

ポーク達が騎士団に見つかった。

ふかふかの土の上でゆっくりお昼寝をしている姿は完全に野生を忘れていた。

ポーク達は突如として現れた武力集団に驚いて、目を真ん丸に見開いていた。

「安心してくれ、俺がテイムした魔物だ」

「クロノ卿の……なるほど、それなら確かに……」

騎士団が警戒態勢を取るのを止める。

さっきから思ってたけど、俺なら確かにってどういう意味だろうか？

信頼されてるっぽいからありがたくはあるんだが……。

戦意がないとわかったからか、ポーク達は再びひなたぼっこに戻った。

「ぶぅ……」

「ぶぶ……」

ごろんと横になっているものもいれば、ゴロゴロと転がっているものやうつぶせになって目を細めているものもいる。

どこからどう見ても、まったく魔物っぽくない。

ただのペットにしか見えないということだろう。

「か、かわいいな……」

「ほら、眺めている暇があったら野営の用意に移れ！」

「は、はいっ！」

騎士団がテキパキと動き始める。

長期間の遠征にも慣れている彼らからすれば、野営の準備はお手の物のようだ。

ラインハルトが何か命令をする必要もなく、それぞれが自分の上司に従い作業を始めている。

「ここに来るまでの道中に命令系統をしっかり統一させました。時間を無駄にはできませんからね」

当たり前だが、ただ俺に会いに来たというわけではないようだ。

こういった機会もしっかりと余さず利用するのが、合理的なこいつらしい。

テントがみるみるうちにでき上がっていくのを見つめていると、ラインハルトがジイッとこちらを見つめてきた。彼は呆れたような顔をしながら、

「しかし、クロノさん……相変わらずめちゃくちゃしてますねぇ」

「そうか？」

どれのことを言っているんだろうかと思ったが、ラインハルトの視線はポーク達に固定されていた。

まあ確かにあいつらに関しては、めちゃくちゃなことをしたという自覚がある。

「あれ全部、ケイブボアーの変異種《ユニーク》ですよね？」

「――いや、ポークは恐らく変異種だろうが、他の奴らは普通のケイブボアーだな」

ひと口に魔物といっても、そこにはいくつかの区分けがある。

一般的な魔物は、通常種というものに分類される。世の中の九十九％の魔物は通常種だ。

ただ中にはイレギュラーというものが存在する。

その中に生まれる特殊な「何か」を持つ個体のことを、変異種と呼ぶ。

ポークは他のケイブボアーとは明らかに異なっている。見た目もそうだが、一番の違いはやはり知性の差だ。

彼は現在、文字を勉強している。恐らくそう遠くないうちに、念話だけでなく筆談で俺以外の人間と対話ができるようになるだろう。

「あれが普通のケイブボアーなわけがないと思うんですが……ゴブリンキングとかの同種を強化させる手合いの変異種ってことでしょうか？」

「いや、うーん……」

さすがに騎士団の耳目があるこの場だとちょっと話しづらい。

魔王の呪いがしでかしたことのケツを俺が拭かなければならないとは、なんという理不尽だろうか。

死んでからも俺のことを困らせるとは、さすが魔王と言うべきだろうか。

「後で話すよ」

「わかりました、では後ほど屋敷にお邪魔してもいいですか？」

「別にいいが、あんまり期待するなよ。開墾のせいで後回しにしてたから、普通の家だぞ」

「構いません」

少し迷ったが、レナにも同席してもらうことにした。俺の魔王の呪いについて、彼女にも知っておいてもらいたいと思ったのだ。

いつものように我が家にいるレナと一緒に、時間を潰しながら話に花を咲かせる。

すると約束の時間のきっちり五分前にラインハルトがやって来た。

「ふーん、レナちゃんか……僕は高鷲騎士団団長のラインハルト。家名はあるけど、クロノさんと同じくフランクに接してくれていいよ、よろしくね」

「私、レナっていいます！　クロノさんのお友達だと聞いています、こちらこそよろしくお願いします！」

時計がぽーんっと音を鳴らす。午後三時、いつものおやつの時間だった。

ショートケーキを取り出し、切り分ける。

温かい紅茶を入れている間に、ラインハルトは鎧を脱いで普段着に着替え直していた。

「ふぅ、あの鎧は肩が凝るんですよねぇ……」

「あれミスリル製だろ？　あれだけゴテゴテしてたら重いだろう」

「確かに重いですが、その分防御力も高いので」

三人でケーキに舌鼓を打つ。

ラインハルトはフォークで少しずつ少しずつ、味わうようにケーキを口に含んでいた。

よく見るとラインハルトは涙ぐんでいた。長旅中の食糧事情はあまりよくなかったらしい。

「お、美味しい……遠征中は堅パンと干し肉ばかりでしたから……」

「そうか……もし良ければ何ホールか持っていくか？」

「――いいんですかっ⁉」

「ストックはまだまだあるからな。後でいくつか渡すけど、生菓子は足が早いから水魔法で冷却するのを忘れずにな」

もっとも、レナと毎日食べているので量は減りつつある。

まだ一年以上はもつが、一度買いだめをするために王都に戻ってもいいかもしれないな。

帰省ってわけじゃないけれど、知り合いに会いに行くのも面白そうだ。

感涙にむせんでいるラインハルトが気を取り直したところで、俺も本題に入ることにした。

「――魔王の呪いによる、魔物の進化ですか……」

「ああ、そもそも進化なのかもわからないけどな。正直なところ、魔物に関しては俺も門外漢《もんがいかん》だからさっぱりだ」

魔物は体内に魔石と呼ばれる、魔力の籠もった石を持っている。

その魔石を大量に摂取すると、魔物は進化するのだ。

ゴブリンはホブゴブリンに、オークはオークソルジャーに、オーガはレッドオーガにといった具合に、一段階強さの垣根を越えることができるようになる。

けれど俺の身体に纏わりつく魔王の呪いは、魔石の摂取なしでケイブボアー達を瓜坊に変えてしまった。

これが進化なのかはわからないが、恐らくは魔王が持っていた魔物の活性化能力に由来しているのは間違いない。

「そもそも呪いのせいで満足に戦うこともできないし、俺が行けば魔物にどんな影響があるかわからない。だから……頼んだぞ」

「なるほど、そういう事情があったんですか……任せてください！　たとえ奥にドラゴンがいようと倒してみせますよ！」

ドンッとラインハルトが胸を叩く。その口許にはクリームがついていた。

食いしん坊なせいで全然カッコつけられてないが、こいつの実力は本物だ。

ラインハルトは誇張なく王国最強の剣士である。

純粋な近接戦闘能力なら、呪いを受ける前の俺や勇者であるアイラよりも高い。

ラインハルトなら、森の奥にどんな魔物がいても倒してみせるだろう。これで俺も枕を高くして寝れそうだ。

うんうんと頷いていると、レナの異変に気付いた。

なんと彼女の前に置かれているケーキがほとんど減っていないのだ！

甘いものが大好きな彼女がまったく食べていないなど、天変地異にも等しい異常事態だ。

「どうしたんだ、レナ？」

「ま、魔王って……クロノさんは魔王と戦ってたんですか？」

「ああ、そうだぞ。言ったことなかったけどな」

「ということはクロノさんは……勇者様なんですか？」

「いや、勇者は一緒に旅をしてたアイラって女の子だ」

「クロノさんはアイラのお師匠様ポジションだね」

「ゆ、勇者様のお師匠様……」

そういえばレナは俺が賢者だってことも知らなかったんだよな。

あれ、だとしたら俺はなんで彼女に魔王の呪いのことを伝えようとしたんだろうか？

自分でも論理的に説明ができない。

謎の感覚に戸惑っているうちに、レナがフリーズから立ち直った。

「やっぱりクロノさんは凄いです！　ということは実質、クロノさんが世界を救ったってことですね！」

いや、違うが？（迫真）

一体何がどうなったら、そういう結論になるんだ。

俺は魔王にまともにダメージを与えられなかった。

魔王に回復不能のダメージを与えたのは、勇者のアイラだ。俺はそのサポートをしてただけ。

そうやって懇切丁寧に説明しようと俺が口を開こうとしたところで、邪魔が入る。

ラインハルトはうんうんと頷いて、

「確かに、実質クロノさんが魔王倒したみたいなところはあるよね」

「やっぱりそうなんですね！」

いや、違うが？（二回目）

というか、一緒に旅をしてきたお前がどうしてそちら側なんだよ。

「そもそもクロノさんがいなければアイラはあれだけ強くはなれなかったし、同じ救世の旅をしていた僕も、クロノさんに助けてもらったおかげでここまで強くなれた。シンシアだって似たようなものさ。そして僕ら四人が力を合わせなければ魔王は倒せなかった。つまり僕らを導いてくれたクロノさんが、魔王討伐に一番の功ありなのは間違いない」

「別にそんなことはないと思うんだがな……俺がいなくてもお前もシンシアも、今とそう変わりなかったと思うぞ」

まあ確かにアイラに関してはいろいろと面倒を見てやったと思ってはいるがな。

俺の言葉に、ラインハルトは「あなたは本当に変わりませんね」と笑う。

その笑みは、男の俺が惚れ惚れするほどに美しかった。

あらゆる令嬢を虜にしていると噂のラインハルトが、ケーキをホールでぺろっと平らげておかわりを所望してきた。

俺が何も言わないと無限に食べそうなので、これで最後だぞとチョコレートケーキを渡す。

もぐもぐとケーキを頬張りながら、ラインハルトはなぜか俺の昔話をし始める。

「それでその時、魔王軍幹部のアイスロック将軍を相手に負けそうになった時に、クロノさんは颯爽《さっそう》と助けに入ってくれたんだ。そしてそのまま魔法戦で倒してしまってね」

「わあっ、凄いですクロノさん！」

俺の活躍をリアルに三倍くらいに盛りながら、救世の旅の頃の思い出を語るラインハルト。

村にいたら聞けないような心躍る冒険譚《たん》に、レナはキラキラと目を輝かせていた。

ラインハルトの語り口は巧妙で、気付けば俺も思わず聞き入ってしまっていた。

完璧な抑揚《よくよう》と臨場感たっぷりの描写で魔王城へとたどり着いた時には、思わず俺のことを言っていることを忘れて興奮してしまったほどだ。

「それでまあいろいろあって……僕らは魔王を倒したんだ。けどその時に勇者であるアイラを助けるためにクロノさんが身代わりになってね……その時に受けたのが、さっき言ってた魔王の呪いってわけ。そういえばクロノさん、呪いの方はどうですか？」

最後の戦いのことを話す時になると、ラインハルトの語り口が明らかに鈍っていた。

どうやらまだ、あの時のことを気にしているらしい。

「まあそんなに変わらないな、別に強くなったり弱くなったりもしていない」

ぺろりと服をめくると、相変わらず世界を滅ぼす悪魔みたいな見た目のタトゥーが入っている。

きゃっと隣から黄色い声が上がる。

確かに少し見ただけでもこいつの邪悪さはよくわかる。村娘のレナに見せるべきじゃなかったか……少し反省だ。

「凄くたくまし……い、いえ！　何でもありません」

だがどうやらそんなに心の傷にはなっていないようで良かった。なんだかハァハァ息を荒げているが、本当に大丈夫だろうか。

「シンシアは今も修行に励んでますよ。いずれはクロノさんの魔王の呪いを解呪するんだと張り切ってました」

「お前もそうだが、そんなに気にする必要はないんだけどな」

俺はあの時自分が取った行動をまったく後悔していないし、むしろアイラを助けられて良かったと思っている。

前も言ったけど、正直俺からしたら、命があるだけで十分なんだよ。

だがこと俺の呪いに関して、ラインハルトのやつは頑なだった。

「それでも、ですよ。——とにかく、今日はありがとうございました。自分はこれから野営地に戻ります。明日からは本格的に探索して、森の魔物を殲滅《せんめつ》してきますので、どうぞご安心を」

「ああ、頼んだぞ」

ドンッと自分の胸を叩くラインハルト。

その顔は強敵に立ち向かっていた時と同様に、自信に満ち溢れていた——。


ラインハルトにケーキを数ホールほど融通してあげればいいかと思っていた俺だが、途中で考えを改めることにした。

俺のためにわざわざ辺境までやって来てくれた高鷲騎士団が困っているというのなら、それをなんとかしてあげたいと思ったのだ。

幸い俺の亜空間には、軍団を永遠に食わせることができるくらいの大量の食料が死蔵されている。なのでデザートだけではなく、果物や野菜などの生鮮食品類も、かなりの量を融通することにした。

「「「あ……ありがとうございますっ！」」」

皆の感謝っぷりは、ラインハルトの比ではなかった。

中には結構な数、ボロボロと涙している者がいたほどだ。

やはり騎士団の食糧事情は、お世辞にも素晴らしいとはいえないような状態だったらしい。

「当たり前ですけどお代は払いますから」

「いや、俺達のために頑張ってもらうんだからこれぐらい別にタダで……」

「ダメです、親しき仲にも礼儀ありというやつですよ」

ラインハルトはこういう感じに、変なところで融通が利かないところがある。

彼には彼なりの芯というかこだわりのようなものがあって、そこに関わる部分だけは決して曲げようとしないのだ。

俺は素直に食料を売った分の金が入ったことで、金貨数十枚ほどの臨時収入を得た。

金は使わなければ経済が回らない。

せっかくなのでラインハルト達がいるうちに、なんらかの形で使うことができればと思う。

ちなみにそんなに大量の食料を持ち運べるのかと思われるかもしれないが、実は運搬に関してはまったく問題はない。

通常、各騎士団には現地で強引な徴発《ちょうはつ》をせずに済むようにとある魔道具が手渡される。

それが収納袋と呼ばれる、見た目以上に大量の物資を収納することのできる魔法の袋だ。

俺の亜空間のように容量無限とまではいかないが、一つ一つに中規模な倉庫程度の物資を溜め込んでおくことができる。

王国は食料生産量が比較的多く、それに加えてこの収納袋があるため、常に全軍に食料が行き渡るようなシステムが構築されている。

おかげで今までどれだけ激戦が続いたとしても、軍団の食糧不足はほとんど発生したことがない。

ラインハルトも当然、高鷲騎士団用の収納袋を用意してきている。

けれど騎士団に配られる物資というのは、基本的に質があまり高いとはいえない。彼らが泣いていたのもそれが原因だ。

収納は可能だが亜空間とは違い、『収納袋』の中では時間は経過する。

そのため基本的に配られるのは日持ちのいい堅パンや干し肉、団員の志気が下がらぬようドライフルーツや魚のオイル漬けを適宜《てきぎ》……といった感じだ。

その食事にはほとんどバリエーションがなく、その食糧事情のキツさは皆の態度から推して知るべしというところ。

「それでは行ってきます、吉報をお待ちください」

ラインハルトは物資の供出が終わると、すぐに出発していった。

相変わらず仕事熱心なやつだ、もうちょっとゆっくりしていってもバチは当たらないだろうに。

部下は上司に似るというが、ラインハルトが団長を務める高鷲騎士団の人間も真面目な奴らが多いようだ。

騎士団の詳しい指揮系統なんかはわからないが、とりあえずある程度連絡が密に取れるよう兵を頻繁に往復させるらしい。

植生自体がわりと濃い森の中では団体行動にも制限が出る。

なので全員で一度に潜るのではなく、先頭集団とその後ろからカバーをする集団の二つに分け、ローテーションをして負担を分散させるらしい。

別に必要はないのに、何かあった時のためにと説明をされてしまった。

領主である俺が気が気でないだろうということで、定期連絡もしてもらうことになった。

ちなみにその際に使うのは、ラインハルトが王都から持ってきた、俺が使ったあの鳩型の魔道具だ。

ラインハルトに万が一のことがあるとは到底思えないが……世の中というのは思い通りにいくことの方が少ない。何事も備えておくに越したことはないというものだ。

(高鷲騎士団が探索を進めている間は……魔力を温存しておくか)

幸い水路作りは終わったため、大きな仕事は既に終了している。

しばらくの間はあまり魔力を使わずにできることをしていくことにしよう。

「あっ、領主様！　お疲れ様です！」

「問題はない？」

「はい、糞尿もしっかりと処理されているので、それほど時間はかからないかと」

俺が騎士団を見送ると、森の入り口では既に村人達が土を均《なら》している最中だった。

水路の構築が終わった今、俺が今やるべきはやはり農業関連だろう。

騎士団が野営をしたことで乱れた土は問題なく直りそうだ。

「そういえば……前に植えた種はどうなっている？」

「ああ、騎士団の方が来られるまでに別途鉢に移しておきましたよ」

気になったので聞いてみたのだが、試しに植えた麦は既に発芽が終わり、ぴょこっと小さな芽を出していた。

どうやら土壌的にも、作物を問題なく育てることができるようだ。

ポーク達も頑張って手伝ってくれたので、整地はあっという間に完成した。

時刻はまだ昼下がり。昼休憩をする前に、早速作付けを始めることにしてもらおうか。

……いや、全てをしてもらうというのも良くない。

俺も土弄りしてみるかな。

「りょ、領主様!?　何も領主様がされる必要は……」

「いや、まあ試しに農作業をしてみようかと思ってな。なるべく邪魔はしないようにするから、参加させてくれ」

土弄りができるよう、半袖短パンの動きやすい格好に着替える。

そして恐縮する村人達と一緒に、麦の種を植えていく。

地面はうねうねと波打つような形に整えられている。

その波の高いところに種を植えていくのだそうだ。

間隔が狭過ぎると栄養を吸い過ぎてしまい育ちが悪くなるが、間隔を開け過ぎてしまうのも良くないらしい。

「ほっ、ほっ、ほっ」

まず最初に手で地面に凹みを作る。次にくぼませた部分に種を置く。そして最後に土をかける。

最初は手間取ったが、やっていくうちに少しずつ慣れてくる。

「ほいほいほいほいほいほいほいっ！」

淡々と、一定のリズムで繰り返していく。

俺は基本的に単純作業は嫌いじゃない。

子供の頃は魔法を使うための反復練習とかを一日中やっているタイプだった。気付けば日暮れになっていたことも、一度や二度ではない。

やっていくうちに、少し腰が痛くなってくる。

中腰の態勢なのでなかなかにキツいが、リズムに乗ってやると心なしか楽な感じがしてくる。

歌を歌いながら農作業をするのには、もしかするとそういった側面もあるのかもしれない。

途中で小休憩を挟んだりしながら、なんとか一列分をやりきる。

我ながらなかなか上手くいったぞと、少し鼻高々な気分になってきた。

他の皆はどうなのだろうかと見てみて……俺は言葉を失った。

「とんとんとんっ！」

軽快なリズムを刻みながら作業を続けるレナは既に二列目に入っていた。

他の村人達も似たようなものだ。

明らかに俺が一番ペースが遅かった。

俺の素の身体能力はさほど高くない。身体強化の魔法を使えば俺だって……と思ったが、ラインハルト達のことを考えて魔力を温存しなければいけないことを思い出して冷静になる。けれど俺の中にある男の子の部分が『これでいいのかクロノ』と囁《ささや》いてくる。

「ちくしょう……負けてなるものか！」

負けたままでは男が廃《すた》る。

俺は元気よく戦いに挑み……昼食の時間になるまでに、見事に惨敗した。

中腰を続けたせいで腰に限界がきてしまったのだ。

何という情けなさだろうか……。

「わ、私は子供の頃から農作業を手伝ってきてましたから！」

「俺達だって似たようなものです！　何事も適材適所ってやつですよ！」

痛みから腰に手を当てながらしょぼんとしている俺を、皆が慰めてくれる。

そうか……そうだよな。

幼い頃から農業をしてきた彼らに、純粋な畑仕事で勝てるわけがない。

それに俺の仕事は麦を育てることじゃなくて、彼らが麦を育てることができる環境を整えることじゃないか。

俺は改めて自分に何ができるのかを考えながら、ご飯を食べに向かうのだった。

あたた、頑張り過ぎたせいで腰が痛い……。


次の日、目覚めた瞬間にびきびきっと嫌な電流が俺の全身に流れる。

「あだだだだだっ!?」

俺の身体は、昨日頑張ったせいでめちゃくちゃ筋肉痛になっていた。

あの程度の手伝いで筋肉痛になってしまったことを嘆くべきか、まだ次の日に筋肉痛がきている身体の若さを喜ぶべきか……。

「か、回復魔法を……いや、やめとくか」

回復魔法を使ってしまうと、一度ちぎれてより強くなろうとしている筋繊維《きんせんい》まで元に戻してしまう。

なのでポーションを振りかけるだけにして、治療は軽く済ませておくことにした。

「く、クロノさん、大丈夫ですか……？」

心配そうな顔をするレナに問題ないと伝え、再び開墾地へ。

今日は昨日の二の舞を踏まぬよう、農作業ではなく俺にできることを探してみることにした。

土弄りをしてみて思った。

「やっぱり土の栄養をもう少し増やしたいな……」

通常、栄養価の高い土には虫やミミズなんかがいたり、少々の魔力がこもっていたりするものだ。

今のところこの開墾地の土は、ごくごく普通のものでしかない。

「ちなみにだが、肥料は使っていたりするか？」

「えぇっ⁉　そんな……駄目ですよそんなの！　汚いですし……」

「はぁ、だよなぁ……」

世界各地を飛び回っていた俺は、肥料を使うことで土の栄養がある程度取り戻せることを知っている。下手なことをするよりも、ずっと効率的に失われた土の栄養を取り戻すことができるのだ。

けれど王国において、肥料を使った農法はまったくといっていいほどに根付いていない。

「おのれユビスめ……」

その原因は、この国の神話にある。

『裏切り者のユビス』という話だ。

この国で信仰されている唯一神は、その名をユピテルという。

ユピテルには信頼している右腕がいた。それがユビスという神だ。

けれどユビスはユピテルを裏切り、邪神側についてしまう。

そのせいでユピテルは危機に陥って死にかけた。

なんとかして盛り返し邪神を倒し、ユピテルは世界が壊れるのを未然に防いでみせたが、ユビスへの怒りは収まらなかった。

ユビスはユピテルによって冥界へ送られ、肥溜めの中で永遠の時を過ごすことになる。……とまあ話の内容はこんな具合だ。

建国神話では、ユピテルの子孫がこの王国を建国した（ということになっている、実際のところどうなのかは知らないが）。

そのためユピテルへの信頼とユビスへの怨嗟《えんさ》の声は未だに王国中に根深く残っているのだ。

この話のせいで、王国という国は糞尿に対して異常なまでの忌避感がある。

おかげで下水道が整備されたりといったメリットもあるわけだが……こと農業に関して、肥料を使えないというのはかなり大きなデメリットだ。他の国にバシバシ肥料を使われれば、今から数十年後には農業生産量にも大きな開きが出てしまう。

この肥料問題は国王も憂慮していたが、なかなか解決する目処の立たない、王国の悩みの種のうちの一つだった。

そして今、領主である俺もその問題に直面して悩まされている。

「どうするべきかな……あいたた」

痛みがぶり返してきたので、ポーションを取り出す。

「大丈夫ですか、クロノさん」

「別に問題は……あっ」

久しぶりの筋肉痛のせいで、上手く身体が動かない。

痛みに意識が散漫になっているせいか、ポーションが手からすっぽぬけてしまった。

ポーションはそのまま瓶から飛び出し、俺が弄っていた土にばしゃっとかかってしまう。

「ああ、もったいない……良かった、ガラス瓶は割れてないな」

ガラス瓶の無事を確認してから、ついている土を落とす。

まさかこんなミスをするとは、俺も歳かもしれない。

そんな風に思っていた俺だったが、すぐにそれどころではなくなった。

「……おいおい、嘘だろう……」

自分の衰えのことなどどうでもいい。

なぜなら今俺の目の前には……長年王国の悩みの種だった問題を解決してしまう、とんでもない光景が広がっていたからだ。

「一瞬で芽が出てるぞ……」

今ポーションをかけてしまったのは、播種《はしゅ》をしたばかりの土地だった。

地面から顔を出すまであと数日は見てほしいと聞いている。

だというのに今、俺がポーションをかけてから一瞬のうちにぴょこりと芽が出てきた。

俺がポーションをぶっかけてしまったところの種だけ、発芽を完了させ大きな芽を出している。

「く、クロノさん、これって……」

「ああ、どうやらポーションは……植物の生長を促進させるらしい」

この日俺は、王国中を……いや世界さえ揺るがしかねないほどの、大発見をしてしまうのだった――。

「ふむふむ、なるほど……ポーションの等級だけでなく、濃度によっても成長の促進率は違ってくるのか。となるとやはり、最もコストパフォーマンスのいいポーションの作成が急務になってくるな……」

あれから俺は、ポーション栽培の配合をいろいろと試している最中であった。

最初はこれであっという間に世界中の食糧問題が解決できるかと思ったが、生憎そこまでトントン拍子には進まなかった。

ポーション栽培において俺がぶち当たった問題は、実に簡潔にひと言で言い表せる。

――ポーションの値段だ。

ポーションというのは、そこまで安いものではない。

ポーションの品質は等級によって分けられてる。一番ダメな見習い薬師でも作れるものが六等級で、最高品質のものが一等級とされる。

だがこのうち最低である六等級のものであっても、値段は銅貨五枚はする。

そんなものを何個もバシャバシャかけて栽培をして、通常の何倍もの速さで育った小麦が売ったら銅貨一枚にもならない……これでは元が取れるはずもない。

有事の際――例えば飢饉や戦争時なんかの緊急生産の手としては有効だろう。

だがせっかくの発見を、非常時の緊急手段のままで終わらせたくはない。


現在俺は、ポーションの濃度とそれに伴う効果の違いについて検証を行っている。

例えば五等級のポーションは一つで六等級の倍、つまり銀貨一枚はするわけだが、これを三倍に薄めたものが六等級ポーションと同じだけの促成効果をもたらせば、五等級ポーションを量産して薄めて使った方が効果的だ。

どのような濃度で、どのような頻度で、どの等級のポーションを使うのがいいのか。

それらを対照実験を繰り返しながらメモに起こしていく。

こういった地味な作業は嫌いじゃない。

農作業と比べると地味かもしれないが、確かにこちらが俺の適所なのは間違いない。

「ふぅ……とりあえず今日はこれくらいに……」

「クロノ卿、失礼致します。今よろしいでしょうか⁉」

「ああ、入ってくれ」

中に入ってきたのは、高鷲騎士団の斥候《せっこう》役を務めるビッスンという男だった。

角張った顔をしていて、顎《あご》は二つに割れている。

身に纏っているのは軽鎧だが、かなり筋肉質でおまけに二メートル近い身長があるおかげで、まったく軽快そうには見えない。

巌《いわ》のような印象を与える、どっしりとした男だ。

ラインハルトからは今も定期的に連絡がやってくるが、それとは別に高鷲騎士団の彼は、何日かに一度こちらに戻って来てくれている。

結構な手間だと思うし別に手紙でも十分だと思うのだが、ラインハルトは頑として譲らなかった。

魔道具が破壊された場合や何か予期せぬ事態が起きた時のことを考えて、両方欠かさぬつもりらしい。それに加え斥候担当の兵の鍛錬も兼ねていると言われれば、俺としても否とは言えない。

「では報告を。現在大森林の入り口からおよそ四百キロほどの奥地まで踏破《とうは》することに成功しております。既に魔物の強さはBランクを超えており、明らかな異常事態です」

「ああ、助かる。しかし一日五十キロか……とんでもない練度だな」

ラインハルト率いる高鷲騎士団が森に入ってから、まだ八日ほどしか経過していない。

彼らは日割りで五十キロもの距離をかけ続けている。

それも魔物が大量に出没し、そもそも道が整備されていない獣道を進みながらだ。

騎士団員がエリートで全員が身体強化のエキスパートなだけのことはある。

通常であれば、なかなかできることではない。

「しかしBランクの魔物が出没するとなると……奥には果たして何がいるのか」

Cランクのケイブボアーが追い出されているから、Bランクの魔物がいることは想定していた。だが報告を聞いている限り、奥にはもっとヤバい魔物がいそうだ。

彼らの報告を聞く度に、応援を呼んでおいて良かったと思う。

俺だけではそこまで長時間の戦闘には耐えきれないから、魔力が切れてすごすごと引き返すことになっていただろう。その間に襲われでもしていたら相当危なかったはずだ。

「クロノ卿を始めとする勇者パーティーの皆様で魔王を討伐してくれたおかげで、我々は余裕をもって探索ができております。——本当に感謝しかありません」

ビッスンが真面目な顔をして頭を下げる。俺は顔を上げてくれと願い、ひらひらと手を振った。

「よしてくれ、魔王討伐は人類の悲願。できるやつがやって当然で、俺はできるやつのサポートをしただけだ。よければ今度アイラに会った時にでも同じことを言ってやってくれ。あいつは誰かから感謝されるの、大好きだからさ」

「――はっ！」

恐らくここから、出てくる魔物は更に強くなっていくだろう。

もしかすると最奥には、Sランクの魔物もいるかもしれない。

けれど俺はまったく心配していなかった。

だって俺は――ラインハルトという男の強さを、誰よりも知っているからな。


道なき道を行くことには非常に苦労が伴う。

どこに道しるべがあるわけでもないから、当然ながら方向感覚は狂う。マッピングを行い、目印をつけて進まなければ、行きはいいが帰りが大変だ。

延々と同じ景色が続くことによる精神的な疲労もバカにできない。

それに加えていつどこからやって来るかわからない魔物の襲撃。

それだけの要素が加われば、いくら精強な騎士団とはいえ瓦解《がかい》してしまってもおかしくはない。

だがこと高鷲騎士団に関しては、そのような心配はまったくといっていいほどに無用であった。

「攻式二の型、乱れ吹雪」

ラインハルトが剣を振る。

それだけで周囲にいる魔物がバラバラに切り刻まれ、消えていく。

剣聖の剣は、ひと振りで百の敵を屠る。

その噂は誇張でもなんでもない。

ラインハルトが一度剣を振るえばそれだけで魔物は千々《ちぢ》に千切れ飛ぶ。

周囲にいる高鷲騎士団の面々も魔物相手に善戦を見せているが、まるでそれを児戯《じぎ》に思わせるほどに、彼の剣は圧倒的だった。

ラインハルトによる蹂躙劇《じゅうりん》を見た魔物達は、一瞬のうちにどちらが上であるかを本能のうちに理解し、散り散りになって逃げていく。

その圧倒的な戦闘を見た高鷲騎士団の人間は、勝利の雄叫びをあげた。

敵をどこまでも恐れさせ、味方をどこまでも勇気づける……それこそが最強の聖騎士、剣聖ラインハルト・フォン・ライエンベルクである。

「そろそろ最奥か……」

彼ら高鷲騎士団の探索は、佳境に入りつつあった。

この森の踏破によりめきめきと実力を上げている斥候兵達により、既に森の全容は把握されている。

森の元凶である魔物が存在するとされる場所は、もうすぐそこまでやって来ていた。

「この森の元凶とは、僕が戦う」

「そんな、危険です！　いくらラインハルト卿とはいえ……」

「それじゃあ言い方を変えよう。ここから先は……君達にはまだ早い」

ラインハルトの言葉に一切の誇張や傲《おご》りはない。

それは純然たる事実であり、騎士団の人間も彼の言葉の重みの前に頭を垂れるしかなかった。

ラインハルトは前を向き、ゆっくりと歩き出す。

道中襲ってくる魔物は一刀の下に斬り伏せる。

（さっさと倒して、クロノさんのところへ戻らなくちゃ……）

古今無双、およそ比類なき剣士であるラインハルト。

彼はクロノのことを尊敬し、彼のためなら文字通り命を投げ出すことができる。

それほどまでにクロノのことを思う理由は、彼が剣聖と呼ばれるより以前に遡《さかのぼ》る。

突如としてその剣才を発揮させ王国にその名を轟かせたラインハルト。

ほとんどの人間が、彼の少年時代を知らない。

彼がある場所で足踏みをしており、その強さが伸び悩んでいたことや、その停滞を打破した彼の心の師が、クロノその人であることを――。


ラインハルトの父は『剣鬼』として恐れられた傭兵だった。

彼に剣の才能はあった。けれどそれ以外、何一つとして持っていなかった。

剣士としての誇りや、剣を振るうための騎士道、大人の男として持つべき品性。

そういったものを欠片ほども持たぬ父に、ラインハルトは育てられた。

父は彼に、剣だけを教えた。

効率的な剣の振り方から最適な鍛錬方法、最短距離で相手を詰ませるための技の繋げ方まで……。

死んでもおかしくないようなスパルタの特訓を続けたラインハルトは剣を抱えたまま眠るような幼少期を過ごしていた。

剣の師である父のことが、ラインハルトは大嫌いだった。

女や金にだらしなく、借金取りに追われたことは一度や二度ではない。

剣才以外は何一つ持たぬ父を持ったことを恥ずかしいと思い、彼は父を反面教師にして過ごしてきた。

そしてある時、彼は父に言われた。

「ラインハルト、お前は世界を見てこい。――世界は広い、剣しか知らねぇ俺なんかよりたくさんのことを教えてくれるはずさ」

彼は父が騎士だった頃の伝手《つて》を使い、とある騎士の従者として雇われることになった。

そこでラインハルトは、その剣才を見出されることになる。

彼は父から剣才だけを受け継いでいた、紛れもない天才だった。騎士団長すら倒してみせた
彼は従者から騎士見習い、そして騎士へとあっという間に出世していく。

周囲と比べると圧倒的な剣の才能があった彼はそのまま、より規模の大きな騎士団へと何度か転職を行い、王国直属の騎士団に入りその実力を更に高めていく。

周りは彼の剣才を褒めそやした。

けれどラインハルト自身は、まったく喜んではいなかった。

(僕の剣は、未だ父には遥か遠く及ばない……)

父が言っていた通り、世界は広かった。

しかし彼からしてみると、父の背中も未だに遠く、そして大きかった。

かつての父の背を追いかけるため、ラインハルトはその剣才を磨き続ける。

けれど己の才能を磨きに磨いた彼は、ある時点で気付いてしまった。

——己の剣の力は、強さの壁を越えた超越者達には届かぬということを。

だがラインハルトはそれでも愚直に強くあろうとした。

己の信念を曲げることのできぬ彼は、周囲が容易く触れることもできぬような抜き身の剣の

ようになっていく。

焦りながらそれでも最強に届かぬ己の非才さに歯噛みし、必死に食らいつき続けながら時間だけが流れていった……そんな時だった。

彼が一人の魔導師に出会ったのは。

「うーん……」

魔導師クロノの名を、王国騎士団内で知らぬ者はいない。

彼こそが王国騎士団の食糧事情を大きく変えた『収納袋』の開発者その人だったからだ。

おまけに彼は、ラインハルトが焦がれてやまない強さの壁を越えた者——超越者であった。

「もったいないな……」

「一体、何ができでしょう?」

故にラインハルトは、クロノに声をかけられた時についつっけんどんな態度を取ってしまった。

持って生まれた才能に胡座《あぐら》を掻いている真の天才に、一体何がわかるというのか。

「君……もしよければ魔法を覚えてみないか?」

そのひと言が、ラインハルトの運命を変えた。

彼は自身ですら気付かなかった魔法の才能に気付くことになる。

己の剣技に魔法を組み合わせることで、彼の戦闘能力は更に飛躍した。

そしてとうとう……ラインハルトは強さの壁を越えることに成功したのである。


「邪龍ヴェノムか……」

最奥にいた魔物は、Sランクである邪龍ヴェノムであった。

その吐息一つで街が壊滅するような、凶悪極まりない魔物だ。

けれどラインハルトの顔に、怯えや動揺はない。

「この程度で助かったよ……」

いくら王国最強の剣士とはいえ、倒せる魔物には限度がある。

相手が魔王クラスの化け物であれば、さすがのラインハルトでも対処は不可能だった。

「GYAAAAAAAA‼」

彼は気安い笑みすら浮かべながら、ヴェノムへと向かっていく。

ヴェノムは己の領域を侵した者を許さず、その口から毒の息を吐き出した。

その息は鋼を溶かし、五感を奪い、即座に死に至らしめるだけの強力な毒性がある。

だがラインハルトはその毒の息の中を悠々と歩いていく。

その手には何も握ることなく、リラックスした様子でヴェノムへと近付いていった。

彼は本気を出す時、背中に負ったオリハルコンの剣を使わない。

ラインハルトの持つ最強の剣こそ――己の魔力によって生み出された刀身――魔剣グラムだ。

「魔力剣――攻式終の型、絆一太刀」

トンッと一瞬のうち、ラインハルトがヴェノムの裏側に回る。

そしてそれだけで、全てが終わった。

ヴェノムの胴体がズレていき、上半身が地面に落ちる。邪龍は断末魔の一つをあげることもなく絶命していた。

戦闘が終わり、ラインハルトは『収納袋』に素材を収納する。

そして魔力の流れに妙な違和感を感じ、辺りを見渡した。

「これで終わり……ん、あれは……？」

彼の視線の見つめる先。

そこにあるものを見て、ラインハルトは顔をしかめる。

「そうなると……僕だけでは対処は不可能だな。……彼女の助けが必要だ」

大森林の奥に巣食う邪龍を討伐したことで、森の異変がひとまず収束した。

しかし一難去ってまた一難。アリーダの街は、また新たな問題に襲われることになる――。

「クロノさん、ただいま戻りました」

「お疲れさん、よく頑張ってくれたな」

俺は休憩を取り着替え、身支度を済ませてきたラインハルトを、私室で迎えていた。

およそ一ヶ月ほどの探索を行い、原因の究明と打破を終えた高鷲騎士団が帰ってきたのだ。

騎士団の人間の顔には疲れが見えるが、その表情は一様に明るい。今回の探索では無事、犠牲を一人も出すことなく終えることができたのが大きいのだろう。

「しかしまさか、この森の異変の原因が邪龍にあったとはな……」

邪龍ヴェノム……その毒息が世界を終わらせるなどともいわれている凶悪な魔物だ。

そんな化け物を相手に、ラインハルトは一撃で勝負を決めたらしい。

帰ってきても別に自信満々鼻高々というわけでもなく、至って普段通りというのがいかにもラインハルトという感じだ。

「とりあえず今日はゆっくり休んでくれ。領主権限で差し入れもさせてもらう」

「ありがとうございます、それではお言葉に甘えさせてもらいます」

ラインハルトは本当に一ヶ月も森に籠もってたのかと思えるくらいまったく疲れた様子がない。それどころか、なんだかちょっといい匂いまでする。なんで男の俺相手に体臭とか気にするんだよ。

「クロノさん、手紙でも伝えましたが、改めてご報告を」

「わかった、頼む」

ラインハルトは確かに邪龍を討伐してくれた。

けれど残念なことに、今回の一件は解決したが、そもそもの問題はまだ解決していない。

森から魔物がやってくる原因は判明したが、森の異変にはまだ続きがあるのだ。

「瘴穴《しょうけつ》が発生しかけていました。恐らく邪龍も、瘴穴から漏れ出した瘴気によって引き寄せられたものと思われます」

「まったく、次から次に問題が出てくるな……」

改めて頭を抱える俺に、ラインハルトが心中お察ししますと苦笑してくる。

どうしてアリーダにここまで大量の問題が……こんなにいろいろ起こると、こういった問題を解決するために陛下がアリーダの地を与えてくれたんじゃないかとすら思えてきてしまう。

まあさすがにそんなわけはないだろうがさ。

「しかし瘴穴か……」

瘴穴というのは、瘴気を吐き出す空間のことだ。

瘴気は人間にとっては毒だが、その大敵である魔物にとってはいい影響を与えてくれる。

魔物にとって瘴気で溢れる場所は、人間でいうところの空気がいい住み良い場所といった感じだろうか。

魔物は瘴気が多いところを好み、瘴気の濃い方へと移動していく習性のようなものがある。

(ライルさんがかかっていたプロド病……その原因は瘴穴にあった。そう考えれば辻褄は合うんだよな)

前も言ったが、人がプロド病にかかることはあまりない。

だがそれほど強力な瘴穴がかなり離れたところにあったとなれば……そこから距離があるとはいえ、この村にまで瘴気が届いてもおかしくはない。

森の開墾に勤しんできたというライルさんがプロド病になったのにも、一応の説明がつく。

ライルさんがどこから瘴気を吸い込んでいたのかはずっと謎だったからな。

「瘴穴がこれ以上大きくなれば、今より更に瘴気に魔物が引き寄せられてしまう……」

瘴穴は地脈と呼ばれるこの大地が持っている魔力が変質してしまうことで起こる、非常にレアな現象だ。

少なくとも王国では数十年間は報告例はなかったはずだ。

だがレアとはいえ、まったく起きていないというわけではない。

瘴穴と瘴気に関しては、既に対策方法は確立されている。

「瘴穴の除去には神聖魔法が、瘴気によって穢《けが》された空間の浄化には浄化魔法が必要です。それも邪龍を呼び寄せるほどの瘴穴となると、相当のレベルが要求される」

「そしてそんなことができるのは、王国には一人しかいない。つまり――教会が誇る神聖魔法と浄化魔法の達人である聖女シンシアさんです」

瘴穴の消却には神聖魔法が、瘴気の浄化には浄化魔法が必要となる。

その二つをマスターしている王国の人間は、俺の知っている限りシンシアしかいない。

現在聖教会で聖女として活躍している彼女を呼ぶためにはいろいろと煩雑《はんざつ》な手続きが必要に

なるだろうが、頼まなくちゃならないだろう。

だがことは瘴穴の消却だ。教会の連中も、さすがに嫌とは言わないだろう。時間はかかるかもしれないが、シンシアと会うことはできそうだ。

「しかし、一緒にパーティーをした皆がこのアリーダにやって来るとはな。もしかしたら神様はここで同窓会を開けとおっしゃっているのかもしれない」

「ははっ、そうかもしれませんね」

邪龍がやられたことで魔物がこちらに追いやられることはなくなったが、あちらに魔物が集まりやすくなっていることには変わらない。

今後のことを考えると、ある程度の武力は必要になってくるだろう。

王国防衛の要である騎士団をアリーダという田舎村に常駐させるのはさすがに申し訳ない。

「いっそのこと冒険者ギルドの支部でもアリーダに作るべきか？」

「確かに、強力な魔物がいるとなればそれだけで冒険者はやって来ます。ですが封じてしまえば脅威がなくなる以上、少し時期尚早じゃないですか？」

冒険者ギルドのアリーダ支部を作れば、現状森の奥にいるであろう魔物を狩るためにある程度冒険者達の流入が見込める。

けれど冒険者ギルドを作るためにもいくつもの事務手続きや認可がいる。

それにラインハルトが言うように瘴穴が消却したら旨みが消えて冒険者達もいなくなる。維持費用もバカにならないだろうから、あまり現実的じゃないか。

「幸い今は国内外が安定してますから。陛下に話を通してからにはなるでしょうけど、恐らくシンシアさんが来るくらいまでは高鷲騎士団が滞在しても問題ないと思いますよ」

「何から何まで……恩に着るよ、ラインハルト」

「いえいえ、僕の方こそまだまだ、恩を返しきれてませんから」

「……そうか？」

ラインハルトにはほとんど迷惑という迷惑をかけられたという記憶がない。

こいつはアイラとは違って何をするにも手のかからないタイプだからな。

「まだ騎士団の連中の元気は残ってるか？」

「はい、もしかして何か問題でも……」

「いや、せっかくだから邪龍討伐をねぎらうパーティーでも開こうかと思ってな」

騎士団の任務はあくまでも森林の調査だ。

任務が終わった今日くらい、羽目を外したって構わないだろう。

俺がそう言うと、ラインハルトはふふっと小さく笑う。

「了解です。団員もきっと喜びますよ」

「それは良かった」

そして俺達はひとまずの安寧《あんねい》を得られた記念にということで、村の皆と合同でパーティーを開くことを決めるのだった——。

「「乾杯っ‼」」


そこかしこで歓声が上がり、杯を打ちつけ合う音が響いてくる。

村の皆もパーティーは大歓迎だったらしく、楽しそうにそこらで飲み食いをし始めた。

以前と同様に肉や酒を出していくが、その量は前よりもずっと多い。

騎士団に所属している人間全員に行き渡らせるとなると、相当な量が必要だ。

彼らは全員がガチムチで筋肉質な男なので、一人当たりの食べる量も相当に多いしな。

これだけの人数がいたら、ひょっとするとドラゴンの一匹くらいペロリと食べてしまうかもしれないぞ。

騎士団には酒に強い者も多いということなので、とにかく酔える安酒を大量に並べておいた。

人というのは食事と酒の理由はあればあるだけ嬉しいらしく、皆の表情は笑顔だ。

「今回はありがとうございます、乾杯！」

「この酒宴を取り計らってくれたクロノ卿に感謝を込めて……乾杯！」

今回は村に襲いかかる魔物被害を抑えるためにやって来ていることがわかっているので、村の皆の騎士団に対する感情もかなり良好だ。

至るところで、騎士団員と村人の交流が見受けられた。問題が起きないように気を配る必要もなさそうだったが、レナとライルさんは騎士団の人間に粗相をしないかとしきりに歩き回って様子を確認している。

賑やかな会の中、俺はラインハルトと二人で卓を囲んでいた。

「何に対して乾杯しましょうか？」

「それなら……俺とお前の未来に」

「わかりました。クロノさんと僕の未来に、乾杯」

手に持ったワイングラスを打ち合わせると、チンッと高い音が鳴った。

今回開けたのは、ピノ・ロッソの十年ものだ。

まず鼻を刺すのは、強烈な香り。

苦みと酸味のブレンドされた不思議な香りに、少し遅れる形でするすると液体が喉を通り過ぎていく。

カッと喉の奥の方が熱くなり、すぐにその熱が身体全体に広がっていく。

「ラインハルトは強いんだっけか？」

「嗜《たしな》む程度ですよ」

「それは強いやつのセリフだぞ」

俺は酒はまったく強くないが、飲むペース自体はいくらでも早くできる。

回復魔法を使えば、アルコールの解毒ができるからな。

ズルというなかれ。そのせいで負う要らぬ気苦労も多いのだ。

魔導師社会では、当たり前のようにアルハラが横行してたりするからな……。

「とりあえず、しばらくの間は陛下と書状のやり取りをしつつ、団員達を鍛え上げようと思っています」

「なるほど、奥の魔物を相手に戦うのはそんなにいい経験になったか」

「今では騎士団に実際の戦闘をさせるのも難しいですからね。鍛錬はできますが、やはり訓練と実戦は違いますし」

「違いない」

騎士団は、有事の際に動かす国の軍事力だ。

あまり動かさないと兵がなまってしまうが、国としては動かさなくて済む方がありがたい。

損耗を気にしなくて済むからな。

以前まで、王国に五つある騎士団は魔物被害をなんとかするために各地を飛び回っていた。

けれどここ最近では魔物被害自体がかなり減っており、現在では派兵されることも減ってきているらしい。

そんな中降って湧いてきた強力な魔物と戦う機会、これを見逃す道理がないという話らしい。

「国防の方は問題ないのか？」

「平和過ぎて逆に問題があるくらいですよ。いや、ありがたい話だとわかってはいるんですが」

魔王が倒されたことで世界中が平和ムードなので、隣国との関係を考える必要もないそうだ。

いや、平和が一番だよなホントに。こんな日々がずっと続けばいいんだが……。

そんな年寄りくさいことを考えながらグラスを傾ける。

以前はほとんど酒を飲む機会がなかったからわからなかったが、ラインハルトは結構いける口ということが発覚した。

既に二人で一本を空けているんだが、ほとんど顔が赤くなっていない。

俺？　俺は当然回復魔法で二度アルコールの解毒をしていますが何か？

「しかしラインハルトが騎士団長か……」

新たに空けた白のワインを飲みながら、軽く炙《あぶ》ったドラゴン肉のステーキを頬張る。

ちなみに俺は、焼き加減はレアが一番好きだ。

「なんだか旅をしてたのが、遠い過去の話みたいだよな……」

「ですねぇ……」

口の中の脂を流すために、白ワインを飲み干す。

よくワイン好きのやつには肉には赤が、魚には白がという話を聞くが、ぶっちゃけ俺は違いがまったくわからない。普通に飲む人の気分の問題だろと思っている。

「つらいことも多かったけどさ、なんやかんや結構楽しかったよな」

「そうですね……今だから思い出補正も入っているでしょうけど、確かに楽しかったです」

魔王討伐までの旅路は、それほど簡単なものではなかった。

中でも一番苦労をしたのは、やはり序盤だ。

魔王にその存在を知られる前に、いかにしてアイラを鍛えるか。

周囲に情報が漏れぬようにビクビクしながら戦い続けるのはなかなかしんどかった。

頑張って効率のいい狩り場を探して、俺が魔法を、ラインハルトが剣を仕込み続けて……。

中盤以降はいろんなところに行けるようになったから楽になったが、その分気苦労も増えた。

なにせアイラは問題児だったしな。

魔王に所在がバレるようなことがあって襲撃を受けてしまえばそれで詰み……そんな緊張感の中でする諸国行脚はなかなかにキツかった。

……あれ、冷静になると今思い出しても大変な思い出ばかりな気がするぞ。

やっぱりラインハルトの言う通り、思い出補正も結構デカいのかもしれない。

「まあ救世の旅の話はほどほどにしておくとして。そういえばラインハルトはそれより前は何してたんだっけ？」

「当時は、白鳳《はくほう》騎士団に在籍していましたね」

魔王討伐まで話が戻ってしまってまたしんみりするのもあれなので、話を更に以前、俺達が救世の旅に出発する以前のことに移してみる。

「あ、そうか。確か……白鳳騎士団の出世頭とかなんとか言われてたよな？」

当時からラインハルトは、将来を約束されたエリートのような扱いを受けていた記憶がある。

俺が聞いた紹介も、白鳳騎士団の団員として最年少で入った天才児みたいな感じだったはずだ。

「いえ、そんなたいしたものじゃありませんでしたよ。あの時の僕は、まだまだ弱かったので……」

あれは俺がまだ宮廷魔導師になってから一年も経っていなかった頃の話だったか。

魔導師の観点から騎士団の魔法を見てほしいと言われて向かった俺は、大量の魔力を持ちながらそれをまったく活かしきれていなかったラインハルトを見つけた。

そこで助言をしたことが、俺とラインハルトが知り合うきっかけだ。

こいつは育てれば伸びるぞと思い、それからちょくちょく時間をみては、魔力を使った剣術の開発に付き合ってやったりしていた。

教え始めた時期は、アイラよりラインハルトの方が先なんだよな。

だがぶっちゃけ、俺はラインハルトのことを弟子とは思っていない。

だってこいつ……天才なんだもん！

というか、俺はほとんど何もしていないのだ。ただ勝手にラインハルトが成長していったのである。

ラインハルトは正しく一を聞けば十を知るやつで、俺がほんの少しアドバイスをするだけでみるみるうちに強くなっていった。

俺が手伝ったと言えるのは、純粋な魔力それ自体に切れ味を持たせる魔剣グラムの開発くらいじゃないだろうか。あれは俺とラインハルトが二人で協力して編み出した、なかなかの自信作だ。魔力に純粋な切れ味を持たせるまでには、いろいろと試行錯誤をしたものだ。

「お前はまったく手がかからなかったよな。アイラと比べると余計にそう感じるよ……」

「あはは、ありがとうございます」

ラインハルトが視線を上げる。

そこには既に寝入ってしまっている騎士団員達の姿がある。

俺からすると、ラインハルトはまだあの時の新米騎士団員のままなんだが……今のこいつの立場は、騎士団長なんだよな。

人が成長するのは、本当にあっという間だ。

出会った時はこんな風に二人で酒を酌み交わすとは思ってもいなかった。

「僕は感謝していますよ。クロノさんがいなければきっと……僕はどこかで折れてしまっていたと思います」

確かに当時のラインハルトは、剣術一本でいこうとし続けているせいで、伸び悩んでいる節があった。

だからこそ俺も素直に、彼に魔法という道があることを教えたのだ。

それだけ魔力があるなら、魔法に手をつけないというのは勿体《もったい》ないってな。

「……どうかな。案外お前なら、一人でもなんとかしてたような気がするけど」

「買い被り過ぎですよ、それは」

こうやって話をしていると、ラインハルトやアイラ達に手ほどきをしていた昔のことを思い出す。

誰かにものを教えるというのは、存外に楽しいものだ。予想外の発見や物の考え方から、こちらが刺激を受けることも多い。

だからだろうか。三本目のワインボトルを空けたところで俺はふとこんな風に呟いた。

「また誰かに、魔法でも教えてみようかな」

「――それはいいと思います！　せっかくのクロノさんの魔法がこのまま人知れず消えていくのは勿体ないですし」

視界の先には、酔っ払いをなんとかして家に送り返しているレナの姿が見える。

そういえば、レナはかなり魔力量があるんだよな。

俺が最初、彼女のことを人間に擬態する魔物なんじゃないかと疑ってしまったくらいに。

「まあ今はやらなくちゃいけない研究があるから、それが終わって暇があればって感じか」

「クロノさん、今度はどんなことをしでかそうとしてるんですか？」

なんて言い草だ。それじゃあまるで俺が毎回悪巧みでもしているみたいじゃないか。

まあ確かに今やってるのは、結構大きなことではあるんだけどさ。

「ポーションを使用した農作物の栽培だ。この技術があれば、収穫高を何倍にも引き上げることができる」

「――ぶーーっっ‼」

「うおっ⁉」

普段は冷静沈着なラインハルトが、口に含んでいたワインを思いっきり噴き出す。

至近距離過ぎて避けるのも難しかったので、ウォーターバリアを張って受け止めた。

まったく、勿体ない。このワイン、結構高いんだぞ。

「ななな、なんてことをやろうとしてるんですかっ⁉」

「……ふふんどうだ、凄かろう?」

褒められて悪い気はしないので、ふんぞり返って胸を張る。

「やっぱりめちゃくちゃですね、クロノさんは……」

なぜか呆れられてしまった……解せぬ。

最近ちょっと思うようになったんだけど、俺の他人からの評価って、やっぱり自分で考えてるのとちょっとズレてる気がするんだよな……。


パーティーは何事もなく終わり、次の日。

騎士団の人間が死にそうになっていたので二日酔いを治してあげようとしたんだが、ラインハルトに止められた。

「悪いのは彼らです。これもいい薬になるでしょう」

地獄の特訓メニューをしてしっかりと酒を抜くようだ。

それから順次森へ入っていくらしい。

森の魔物の間引きを行いながら開拓村の警備も行ってくれるらしく、騎士団を討伐と防衛の二つに分けて対応してくれるようだ。

「アーブは討伐、ビーダも討伐だ、シータは防衛に回ってくれ」

ラインハルトが騎士団の人員を分けている様子を見ながら、どうするか考える。

少し悩んでから、ライルさんのところに向かうことにした。

ラインハルト達はもうしばらくこの辺りにいるつもりのようだし、騎士団の駐留に関する許可を一度しっかりともらっておいた方がいいだろうと思ったのだ。

「別に構いませんよ。ただ、滞在にあたって食料の供出などを求められると困ってしまいますけど……」

「問題ありません。そこは自分がなんとかします」

「それなら何も問題ありません。我々を守ってくださる騎士様に対してはできることならなんでも致しますので、何かあれば気兼ねなくおっしゃってください」

食料に関してはだぶついているものが大量にあるから何も問題はない。

むしろ消費してもらえてありがたいくらいだ。

請求は国に対してすればいいから、取りっぱぐれることもないしな。

騎士団の人間は軍事行動を見越して粗食にも慣れているだろうが、少なくともここにいる間は上等な食材を提供してあげることにしよう。

ふふふ、もう普通の糧食に耐えられないようにしてやろうかな……。

ただ、素材はあるんだが料理のストックはさほどない。

防衛の方の人達にはせめて調理したものを食べてもらいたいと思うんだよな。

気兼ねなくってことだし、ちょっと聞いてみるか。

「ライルさん、手が空いている奥様方に料理を作ってもらったりとかできますかね？　素材だけは大量にあるんですけど、調理する手が足りないんです。騎士団にやってもらってもいいですけど、それだと男の料理になりますから」

「ふーむ……今はまだ種付けの時期ですし、それほど人手も要りません。騎士様の舌に合っているかは別として、調理をしてもらうことはできると思います」

「助かります。もちろんきちんと手当てを出しますので。そうですね……一日銀貨四枚くらいでどうでしょう？」

「……銀貨四枚ですか？」

少し不思議そうな顔をしてから、ライルさんが頷く。

「わかりました。それで募集をかけておきます」

「助かります。実務は明日からになると思いますので連絡を……」

調理希望の人達に集まる場所と日時を教えてから、ライルさんのところを後にする。

村を歩いていると、防衛に充てられた三十人ほどの騎士団員が警戒態勢を取っていた。

……こうして遠くから見ると、人数が明らかに多いな。

小さな村を一つ守るのには、絶対に過剰戦力な気がする。

どうやらラインハルトは、ずいぶんと心配性なようだ。

「クロノ卿、お勤めご苦労様です」

「いや、こちらこそありがとう。これは感謝の気持ちだ」

クッキーの入った袋を取り出し、騎士達に握らせる。

「な、自分達は賄賂は……」

「いや、ただのお菓子だよ。昨日の今日で胃が荒れてるだろうから、消化に優しいショウガのクッキーだ」

「「――ありがとうございます！」」

すぐに食べようと袋を開け始める。

大の男達が集まってクッキーをポリポリと食べる姿は、なかなかにシュールだ。

情報収集がてら、世間話でもしてみることにしようか。

「何かあったらすぐに言ってくれよ」

「そうですね……特には……」

「強いて言うなら、食料の問題くらいかもしれません」

昨日のパーティーでの食べっぷりや今のクッキーへの食いつきっぷりから考えると、やはり食糧事情の改善は急務のようだ。

「一応明日から騎士団用の給仕を雇って、料理を作ってもらうつもりだ。村に滞在する人達には三食きちんと料理を振る舞うつもりだけど、あまり期待せずに待っておいてくれ」

「ほ――本当ですか！　ありがとうございます！」

しきりにペコペコと頭を下げている騎士達に手を振りながら別れる。

レナと合流すると、彼女はトリスと一緒にいた。

何やら話をしていたらしく、二人で一緒にこちらにやって来る。

トリスの顔は明るく、逆にレナの顔は暗かった。

「どうかしたのか？」

「トリスが騎士団の人に稽古をつけてもらいたいって……」

どうやらレナは先ほどから、トリスにラインハルトにとりなしてもらうよう頼まれていたようだ。

迷惑そうな顔をしているわけだ。別に彼女はラインハルトと仲がいいわけでもないんだから。

「俺、俺――村の皆を守れるくらい、強くなりたいんです！」

トリスは目をキラキラさせながら語る。

どうやら昨晩、酒の席でいい気分になった騎士団の人達の話を聞いて感化されたらしい。

余計なことを……と少しだけ思わないでもないが、酒の席で自分の武勇伝を話すのは男の性だ、仕方のない部分も多い。

それに少し暴走気味なきらいはあるが、こうして見ている限りトリスの気持ちは本物のように思える。

（いや、待てよ……教えを請うのも案外悪くない、か……？）

この村の人には、ほとんど自衛の手段がない。

今までは野生動物を追い返すくらいだったからなんとかなったが、瘴穴の影響でここらには数は多くないとはいえ魔物が出る。

それを考えると、魔物を撃退することができるくらいの剣術の基礎くらいは覚えておいて損はない。

騎士団がいつまでもいてくれるわけじゃないし、いつでも俺が守れるわけじゃない。

自衛の手段を持つのは悪いことではない。

「掛け合ってみよう。騎士団の人員自体には余裕がありそうだし、多分できると思う」

「本当ですか⁉」

「ただ、教えるなら皆でいっぺんにやった方がいい。トリスは他にもやりたいやつがいるか、聞いてきてくれるか？」

時間は農作業に支障の出ず、疲れてもすぐに寝れる夕暮れ頃と仮で決めておく。

トリスは俺の話を最後まで聞かずにドダダダダッと走ってどこかへ行ってしまった。

「レナ、悪かったな」

「いえ、別に……」

レナはどこか浮かない様子だった。

話を聞こうとしてみるが、なんでもないですと言うだけで取りつく島もない。

お菓子を食べるかと聞いても彼女は気もそぞろな様子で大丈夫ですというだけだったからかなりの重症のようだ。

万策尽きた俺がクッキーを手渡してみると、もぐもぐと食べ出した。

……いや、食べるんかい。


次の日、騎士団が新たにやって来たことによる新体制スタートの日だ。

まず最初に、俺が昨日のうちに作っておいた野外調理場へ向かう。

ここに調理をしてくれる手すきの人を呼んでくれるよう、ライルさんにお願いしておいたからな。

到着するとそこには……二十人近い女性陣の姿があった。

よく見てみると、何人か女の子の姿もある。

どうやら言った通りに伝えてはくれてたみたいだが……ちょっと多くない？

「銀貨四枚もらえるって本当ですか⁉」

目をキラキラと輝かせながら突撃される。

いや、よく見るとキラキラではなくギラギラだ。

どうやら銀貨四枚というのが相当に魅力的だったらしい。

値段設定を間違えたみたいだ……。

「騎士団の人と仲良くなれるかもしれないって本当ですかっ⁉」

そしてどうやら魅力的なのは、報酬だけではないようだ。

騎士達の食事係で近付ける可能性があるというところもいいポイントらしい。

そ、そうか、確かに騎士団の団員と結婚できれば将来安泰ではあるもんな……。

なかなかたくましいというかなんというか……頑張ってくれ。

中にレナの姿がないことに少しだけホッとしてから、皆に説明する。

大人数用の釜を取り出す。

大体三十人前くらいが作れるものが三つ。これで村にいる三十人分くらいの飯は作れるだろうという考えだ（昨日見てて思ったが、騎士団のやつらはよく食べるからな。彼らは本当に、ドラゴン一匹分くらいの肉をペロリと平らげていた）。

素材を渡していく。肉、野菜、魚。騎士団員が任務中食べられなかった生鮮食品を多めにしておくか。

味付けが塩だけだと味気ないと思ったので、いくつか香草類や香辛料も渡しておく。

「長時間の行軍はとにかく疲れて汗を掻く。味付けは濃いめで作っておいてくれ」

「まっかせてください！」

「濃過ぎてダメになるくらいにしてみせます！」

いや、せんでいい。なんだ、濃過ぎてダメになるって。

とにかくやる気はありそうなので、余計な水を差す前に撤退する。

ただ、これだけ人数が多いと下準備や煮込みなどを入れても手が余りそうだ。

……ん、いいことを思いついたぞ。

「少し離れてくれ」

まずはアースコントロールを使い、大量の煉瓦を生産。

そのままそれを積み上げていき、更に即席の釜を作る。釜のサイズは先ほどの倍以上だ。

釜だけあってもスープばかりになってしまうので、一緒に底の浅い鍋も作っておく。

もちろんサイズは大人数用の、大男が持つくらいだ。

量産を繰り返し、五つほど新たな調理スペースと器具を作った。

「こちら側のスペースは、今森の奥にいる兵士達の分の調理に充てる。今いる騎士達用の調理と同時並行でこっちもお願いする」

ひぇぇとどこかから小さな声が聞こえた。

ここにいるのは全員が女性だ。そこまで力の強くない彼女達からすると、大きな釜をかき混ぜてスープを作るのも重労働である。

当然ながらそこは俺が魔法でカバーさせてもらう。俺はそこまでブラック思考じゃない。

「上級身体強化《エクストラ・フィジカルブースト》」

俺の身体から、緑色の光が降り注ぐ。

わりと気合いを入れて発動させた身体強化が、彼女達の身体の奥底から活力を湧き出させる。

「とりあえず調理の間くらいなら持つはずだ。よろしく頼む」

皆の作業する様子を確認する。

どうやら作るのはスープと炒め物のようだ。

火を入れてから大きな鍋に素材を入れていき、その中に井戸から汲んできた水を入れていく。

本来ならこれですら重労働だが、彼女達の額には汗の一つも浮いていない。

「なんだいこれは！　これなら何百人分だって何千人分だって作れちまうよ！」

「うおおおおおおっっ‼」

おばちゃんがもの凄い勢いで野菜を切り、その横では若い女性が鬼気迫る様子で鍋で炒め物をしていた。

どうやら皆、初めて身体強化をかけられてテンションがハイになっているらしい。

あと、何千人分も作らなくて大丈夫です。

そこまでいくとさすがに彼らでも食べきれない……はずだし。

ただ、どうやらマンパワー的には問題がなさそうでひと安心。

恐らく半日くらいは効果も切れないはずだから、可能な限り作ってもらおう。

「とりあえず追加の食材はここに置いておく。働き次第では、もう少し給金に上乗せするつもりだから、頑張ってくれ」

「まっかせな！　腕によりをかけるとも！」

「この世の食材という食材を調理し尽くしてやるよ！」

世界を股にかける料理人みたいなことを言っていた若い女の子に笑いかけてから、俺は野外調理場を後にする。

強化魔法を初めてかけられた時は、俺も全能感を持ったものだ。

これもいい経験だと思ってもらうことにしよう。


日が暮れ始めた頃、レナと一緒に再度調理場へ。

調理は問題なく完了していた。どうやら相当張り切って作ったらしく、俺が亜空間に大量にしまった料理は、既に数千人分もの量がある。

発破をかけたのは俺なので、ありがとうと言うことしかできなかった。

とりあえず彼女達には臨時報酬を渡しておく。

食料はあればあるだけいいのは間違いないし。

ということで、翌日以降も今日と同様調理を続けてもらうことにした。ただ毎回強化魔法を使っていては俺も疲れるから、明日以降は彼女達にできる常識的な範囲で作ってもらうことにする。

大量に作ってもらっても俺が亜空間に収納しておけば腐る心配はないし。ラインハルトに渡す時も氷漬けするなりして工夫すれば、帰りの際も高鷲騎士団の食事事情が切迫することもないだろう。

とりあえず調理に関して問題がないことを確認してから、次は村の広場へと向かう。

時間通りなら、もう騎士による教練が始まっているはずだ。

「下手に栖突いたりしてないといいんだが……」

「確かに、心配ですね……」

農作業を終えた男達の中に参加希望者がいたら、自由に連れてきていいと言ってある。

さてどうだろうかと思っていると、遠くから何やら唸るような声が聞こえてきた。

レナと顔を見合わせてから、そっと近付いていく。

鍛練の邪魔をしても悪いので、抜き足差し足と足音を殺しながら歩き、近くにある茂みに隠れた。

「いーち！　にー！　さーん……」

見ると参加している村人の数は、およそ二十人ほど。どうやら時間が空いているほとんどの人間がこちらにやって来た様子だ。

調理然り訓練然り、この村の人達は何をするにもやる気があっていいな。

「きゅーう！　じゅーう！　八十！　いーち！　にー！　さーん……」

騎士の男のかけ声に合わせ、ひたすらに腕立て伏せをしている。

汗がボタボタと地面に垂れ、皆俯《うつむ》いている顔はキツそうに歪んでいた。

「百！　これ以降は毎晩百回ずつ、鍛練の後に腕立てを行うように！」

腕立てが終わると、次は腹筋。その次はスクワット。

全てを百回ずつ行っていく。

普段使っていない筋肉が悲鳴を上げているからか、悲痛な呻き声が聞こえてきた。

どうやら騎士は、まず最初に身体作りから始めるようだ。

主要な筋肉を鍛えておけば、その分だけ動きは良くなる。

「水休憩の後ランニングに入る！　今より十分休憩！」

メニューが終わったら、小休止に入った。村の皆はへとへとになりながらも、急いで近くの井戸に水を飲みに行くようだ。

タイミングとしてはここがベストだろう。

「お疲れ様」

「──クロノ卿ッ!?　お疲れ様であります！」

「助かったよ、俺は魔法なら教えられるけど、体術の方はからきしだからな」

「そ、そうなのでありますか？」

「ああ」

身体強化の魔法なしなら、俺の近接戦闘能力は騎士団員にも劣るだろう。

体術だって収めてないし、まともに対人戦もやってきてない。

そんな俺が曲がりなりにも白兵戦を行えるのは、強化魔法で強引に出力を上げているからに過ぎないのだ。

どうやら指南役は、村の警備を行っている人間の中から数人を選び、ローテーションしていくらしい。

訓練のメニューについても聞かせてもらった。

まず最初のひと月ほどは身体作りや素振りなどの基礎訓練を徹底的に行い、彼らを篩《ふるい》にかけるのだという。

つまらないからとすぐに投げ出すようなやつに剣を教えることは、王国の騎士団員として許せないということだ。

その第一段階を乗り越えたものに、手ほどきを行うということだった。

なるほど、いちいち理に適《かな》っている。何人残るかはわからないが、彼らに鍛えてもらえれば確かな戦力になってくれるだろう。

「ちなみに料理の方はどうだった？」

「素朴な味で美味しかったです。少しだけ、故郷の味を思い出しました……」

そう言うと、彼はどこか遠くを見つめ始める。

もしかすると、遠くにある故郷のことを思い出しているのかもしれない。

「アリサとかどうだった？　健気でいい子だろう」

「い、いえ、自分には故郷に許婚がいるので……」

どうやら料理による攻勢はさほど効力を発揮していないようだ。

当然ながらエリートである彼らには、地元や王都に彼女がいることも多い。大抵の漢達《おとこたち》が、唾をつけられているようだ。

開拓村の女性陣が彼らを落とすための道のりは、まだまだ遠そうだった。

邪魔をしては悪かろうと、まだ皆が戻ってこないうちに騎士と別れる。

「クロノさん」

「どうしたレナ」

「明日から、私も鍛練に混ざっていいでしょうか？」

「……多分だけど、やめておいた方がいいと思う」

「そんな、どうしてですかっ⁉」

「それは……言いにくいが、レナが女性だからだ」

この世界では、こと戦闘に関しては男女の性差が大きな影響を及ぼす。

男性と女性では、握力から腕力に至るまで全ての力が違い過ぎる。

強化魔法は元の力を乗算する魔法だ。当然ながら、元が高ければ高いだけ効力を発揮する。

そのためこの世界には、女剣士はほとんどいない。

アイラのような例外を除けば、女性で近接戦闘職をしているのは、全身が筋肉達磨みたいな男顔負けの鋼《はがね》の肉体を持つ者しかいない。

「私……強くなりたいんです！　クロノさんにおんぶに抱っこなのは嫌なんです！」

「レナ……」

俺はなんとも思っていなかったし、むしろ癒やしになってくれてありがたいとすら思っていたのだが、どうやらレナはかなり思い詰めている様子だった。

ここ最近浮かない様子をしていたのも、自分が何もできないことに歯噛みしていたからなのかもしれない。

だとしたら……彼女の意志を尊重してあげるべきだ。

「強くなれる方法は、ある」

「……え？」

「この世界に魔法使いは女性の方が多い。一般的に女性の方が魔力量が多く、そして増えやすいからだ」

再度繰り返すが、この世界ではこと戦闘に関しては男女の性差が大きな影響を及ぼす。

では女性は戦えないかと言われれば、当然そんなことはない。

女性は魔力の操作に優れ、男性より多くの魔力量を持つ。

より魔力消費の大きい強力な遠距離攻撃を行うことができるのは、女性なのだ。

故に王国の魔導騎士団は、その構成員のうちのほとんどが女性である（ちなみにこれが、俺が魔導騎士団の団長就任を断った理由のうちの大きな一つでもある）。

「俺がレナに魔法を教える。レナはかなりの魔力量を持っているし、今からみっちりと仕込めば一流の魔法使いになるのだって夢じゃないぞ」

「私が……一流の、魔法使いに？」

呆けた様子のレナに頷く。

実際レナの魔力量はかなり多い。少なくとも騎士団員よりは多いし、ラインハルトと同じくらいはある。

まったく鍛錬せずにこれだから、伸びしろもまだまだあるはずだ。

少し前倒しになってしまうが、レナがやりたいと言っているし彼女の意志を尊重すべきだろう。

弟子を取るんなら、早ければ早いだけ技術を教えられるし。

「――やりますっ！　やらせてください！」

こうして新たに、俺の弟子が一人増えるのだった――。


「ええいっ、農林大臣のクルツはどこぞっ！」

賢王ジグ三世の叫び声が、宮廷にこだまする。

基本的に声を張りあげることも多くない彼にしては珍しく、その様子は切羽詰まっていた。

侍従が不敬にならぬよう小走りになり、農林担当大臣であるクルツを呼び出す。

「陛下、只今参内致しました！」

「面を上げよ。まずはこれを見てくれ」

儀礼すら無視し、ジグ三世は立ち上がり、自身が直接歩き出す。

それほどまでに焦っている様子の彼がクルツに手渡したのは、複数枚に渡る資料であった。

「拝見させていただきます……」

畏《かしこ》まった様子のクルツが、恐る恐る手に持った資料に目を通し始める。

彼の顔色は、読み進めていくごとに変わっていった。

最初は内容を噛み砕くために神妙な面持ちで、そして次は内容の意味を理解し青ざめ、そして最終的にはそれが王国にもたらす効果を思い興奮から頬がバラ色に紅潮していく。

「こ、これはっ⁉」

「王国の新たな可能性――ポーション農法だ」

そこに記されていたのは、革新的な農業の方法であった。

従来のような肥料に加え、農作物にポーションを投与するという衝撃的な内容。

果たして本当に効果があるのか……まったく想像もつかない。

仮にクルツは部下からこんな進言をされていたら、何を世迷い言をと一蹴《いっしゅう》していたことだろう。

けれどこれを渡してきたのは、他でもないジグ三世その人である。

手に握られた資料を疑うことなど、あってはならなかった。

「確かに信じられないのも無理ならぬことだ。だが考えてみると、なるほどと納得させられることも多いとは思わぬか。クルツ卿も当然、ポーションが生物を癒やすことは知っているだろう？」

クルツは自分の頭をフル回転させ、ポーションについて持っている情報を確認も兼ねて絞り出す。

「……はい、おっしゃるようにポーションの効果は何も人間に限定されたものではありませぬ。エルフのような亜人だろうと、飼っているペットであろうと、生き物であれば効果は発揮されたと記憶しています」

「であれば、その効用が植物にあってもおかしくはあるまい？」

「た、確かに……今まで考えもしませんでした……」

伝えられているようにポーションがペットやテイマーが馴致《じゅんち》している魔物にも効くという話は聞いたことがある。だがそこから植物に与えようなどという考えが浮かんだことはない。

クルツからすれば……というかこの世界に住まう人間からすれば、ポーションを動物に与えるというのは物体が上から下に落ちるような当たり前の常識なのだ。

それを植物に与えようなどという考え方自体、突飛過ぎて浮かんでこないものなのである。

「僭越《せんえつ》ながら、殿下はどこからこのようなお考えを……？」

「考えついたのは私ではない――賢者クロノだ」

「く、クロノ卿ですか……なるほど、彼であれば……」

だがこれを奏上したのが賢者クロノであるならば納得がいく。

『収納袋』を始めとしたいくつもの魔道具を開発し、また自身独自の魔法を使い魔物の軍勢を滅ぼしてきたクロノであれば、常人では到底思いつかないような発想に至るのもなんらおかしなことではないように思える。

「報告では、ポーションの等級により効果がかなり異なるため、発見がなされていないのだろうと記されている。三枚目を見てみろ」

「拝見致します」

どうやらクロノは発芽段階の種にポーションを使うことで投与の効果に気付いたらしい。

六等級であれば誤差の範囲内で済ませられてしまうが、二等級以上のポーションを与えると如実に効果が目に見えると書かれている。

「なるほど……二等級のポーションを植物にかける奇特な人間がいるわけもありません。気付かれていないかったのも道理ですな」

「ああ、このポーション農法が我らカーライル王国に与える効果はとてつもなく大きい。これがあれば農業生産量を増やすだけでなく……王国中から飢饉をなくすことすら可能かもしれない」

「なんと、そのような……」

「クロノの慧眼《けいがん》と国を思う気持ちには、頭が上がらぬよ。いっそ私の代わりに王位に就いた方が……というのはさすがに冗談だが」

軽く笑うジグ三世。

今後のことを考えているからかその顔には影が差して見えたが、その瞳はぎらぎらと輝いていた。

クルツは手元の資料に再度視線を落とす。

資料の一枚目には、使うポーションによって農作物に与える影響について述べられている。

二枚目には投与頻度による成長促進の度合について。

そして資料の三枚目にはポーションの等級ごとの効果の違いが、最後の四枚目にはどのように希釈することが最も安価に成長促進が可能となるかが記されている。

これだけの資料があれば、最適解を見つけ出すのは難しくはないだろう。

「薬師の確保に情報統制、実証と実験に予算の捻出……クルツ、忙しくなるぞ」

「――ハッ！　このクルツ、全身全霊をもってポーション農法を完成させてみせましょう！」

「ここまでのことをしてもらったのだ……聖女シンシアを教会から借り受けてもお釣りがくるだろう」

こうしてクロノが発見したポーション農法の効果によって、王国はその農業生産高をめきめきと増やしていくのであった。

レポートの中にあったクロノが偶然見つけたという部分は謙遜と捉えられ、この方法論もまたクロノの賢者の伝説の一ページに加えられることになる。そのせいでクロノがまた頭を抱えることになるのだが……それはまた、別のお話。


ポーション農法について、俺が個人で検証できることに関してはほとんどやりきることができた。

ある程度の先鞭《せんべん》はつけたし、ここでは人手が足りないので大量の実験を行うことも難しい。

より効率的なやり方を見つけるのはさすがにしんど……そもそも俺の管轄ではないと思ったので、実験結果と考察をレポートという形にして王都に送りつけておいた。

おかげで今の俺は、ようやく自由を手に入れている。

あ、ちなみにポーション農法は既に実験的に新たに開拓した土地で始めている。

本来の三倍近い速度でにょきにょきと育っていく農作物に最初はびびっていた村の皆も、今では慣れたのか当然のようにポーションを撒いてくれるようになった。

「ぶぅ……」

「よしよし」

自室にて、ポークの頭を撫でてやる。

ケイブボアー達には基本的には小屋に住んでもらっている。

だがなぜかポークだけはたまに俺の家に入ってくる。

ポークは綺麗好きなので、部屋が汚れることはない。というか何なら、器用にゴミを一ヶ所にまとめてくれたりもする。

そんな風に全自動魔道具みたいなことをされると、入ってくるなとも言いづらい。

なので俺は目が覚めてポークがいても、動揺せずに撫でてやることにしていた。

「ぶぶ……」

ポークは目を細めて気持ち良さそうに、鼻をふごふごさせている。

かわいい。撫でると返ってくる少し硬い毛の感触が面白い。

……豚の鼻はどうして濡れているんだろう。

目とかと同じで、常に潤いをキープしておかなきゃいけない理由でもあるんだろうか。

「……おっと、そんなことを考えてる場合じゃないな」

今の俺にはやることがある。

ポーションの作成に弟子への魔法指導……クロノの朝は早いのだ。

(僕も行っていいですか⁉)

(ポークも？　……まあ、いいだろう)

ポークも魔物なので、魔力は持っている。なのでもしかすると、普通に魔法を使えるようになるかもしれない。

というか、急に念話を使わないでくれ。驚くじゃないか。

俺はレナのところに、ポークを連れて向かうことにした。

レナの魔力量は非常に多い。

魔力量が多いということは、それだけ魔法を使うための試行錯誤ができるということ。

ここ二週間ほどの頑張りの成果によって、既にレナは生活魔法と呼ばれる基礎的な魔法であれば問題なく使うことができるようになっていた。

「灯火《トーチ》！」

レナの持つ杖の先に、ぼんやりと光る明かりが灯る。

ちなみに、彼女が持っているのは俺が貸し与えた杖だ。まだ魔力の扱いに慣れていないうちは、杖のような魔法の補助具があった方が変な癖がつかなくていいからな。

生活魔法というのは、名前そのまま生活に使うことができる魔法だ。

明かりの魔法である灯火、顔を洗うくらいの水が出せる創水《ソグ》、種火を創り出すことができる点火《ライファイア》などがこれにあたる。

これらは基本的に危険もなく使えるため、魔力を使い切るにはもってこいだ。

そのため見習い魔法使いであるレナには、生活魔法を使って毎日魔力を使い切るように指令を与えていた。

魔法を極めるための近道というものは基本的には存在しない。

魔法を使う上で俺が最も大切だと思っているのは、基礎的な魔法をいかに応用していくかだ。

「灯火」

レナに見せるよう、俺も灯火を使う。

指先に灯る炎はその形を変えていく。

　蛇のようににょろにょろと動いたかと思えば、次には針のように鋭くなり、最後には犬のような形に変形する。

「灯火はこんな風に、ある程度自在に形を変えることができる」

「なるほど……」

「教わった魔法をただ使うだけじゃだめだ。どうやってアレンジができるのか、どうすれば一番自分が使いやすい形になるのか、そしてその魔法が自分に合っているのか……考えなければならない項目は無限にある。魔法使いとして道を究めたいなら、常に頭を回し続けることだ」

「は、はいっ！　わかりました！」

　レナは俺の忠告を忠実に守るように、灯火の形をもにょもにょと動かし始める。

　その間に、俺はポークに魔法を基礎的なことから教えてやることにした。

　少し前にレナにも教えたおかげで、頭の中からすらすらと知識が出てくる。

（魔法を使うための第一歩だ。ポークは自分の体内にある魔力を感じ取ることができるか？）

　ポークが目をつぶり、鼻をひくひくと動かす。どうやら集中しているようだ。

　撫でたくなったが、邪魔をしてはいけないので我慢する。

（……わかりません）

（じゃあまずはそれをしっかりと感知するところからだな）

　二人とも意識を集中し出したので、少し距離を取る。

この間に、できることをやっておくことにしよう。

「亜空間、そして創水っと……」

ポーション農法で俺がたどり着いた答え――それはポーションを魔法で生み出した水によって希釈するというものだ。

これだと、三倍ほどに薄めても効果の落ち込みが八割ほどまでしか下がらない。

五等級ポーションを創水で二十倍まで薄める。

これが俺が発見した中で最もコスパのいい農業用ポーションの作り方であった。

五等級ポーションであれば見習い薬師であっても気合いを入れれば作ることができるし、創水の魔法は見習い魔法使いであっても使うことが可能だ。

この二つを合わせるだけで作れるため、これなら王国内で大量生産が見込めるだろう。

安価で真似がしやすい分、数年もしたら他国にも広がるだろうが、そこは俺の管轄外である。

高く売りつけるなり、公開して世界全体の増産に勤しむなり、好きにしてくれと言ってある。

とりあえず大量に農業用ポーションを作ってはしまい、作ってはしまっていく。

ストックを見ると、五等級のポーションが残り少なくなっていた。

確かにここ二週間ほどは、農業用ポーションばっかり作っていたからな……。

俺自身薬師の真似事をしていた時期もあるので、希釈前のポーションも作れる。

今のうちに五等級ポーションも生産してしまうことにした。

ただ……ポーション作りというのは非常に手間がかかる。

薬草のすり潰しと成分の抽出、それを繰り返しながら薬効を高めていかなければならないからだ。

（この面倒な手作業、可能な限り短縮できないだろうか）

物は試しと、ある程度魔法で代用できないか試してみる。

まず最初に薬草のすり潰し。これをするためには止まっている皿の上に動くすり鉢を用意する必要がある。

ただそれを魔法で行うのは難しい。

なので風魔法で薬草をみじん切りにしてみることにした。

次に行うのは薬効の抽出だ。

魔力の籠もった水を加水しながら再度すり潰しを行う工程を、水魔法と風魔法を同時に使用しながら攪拌《かくはん》する形でやってみる。

それをすること一分ほど。

でき上がったドロドロとした液体を漉《こ》し出そうとしたところで思った。

別に農薬のように使うだけなら……漉し出す必要もないのでは？

ペースト状のポーション一歩手前の物体をペロリと舐めてみる。

少し青臭いが、身体の中に沸き上がる活力から考えると五等級と効果はそこまで変わらないように思える。

よし、これで一旦効果を確かめてみよう。漉し出す作業が省ければ、それだけ生産量も増えるだろうし。

やってみた感じ、魔法使いがある程度作業を代替することは可能そうだ。

収穫高に影響を及ぼすとなれば、これから先ポーションの消費量は加速度的に増加していくだろう。

とにかく増産できそうなアイデアがあれば、じゃんじゃん試してみるべきだろう。

ある程度五等級ポーションのペーストを作ってから戻る。

するとそこにはなぜか自信満々な様子のポークと、落ち込んでいるレナの姿があった。

「ぶ、豚に……豚に負けました……」

「ぶっ！」

自信満々な様子のポーク。どうやら俺がちょっと見ていないうちに、体内の魔力を感知することができるようになったらしい。

レナは魔力を感じ取れるようになるまでに一日かかった。豚に負けて、相当ショックなようだ。

まあ見た目は完全に豚だが、ポークは一応ケイブボアーだからな。魔物の方が魔力との親和性が高いからそんなに落ち込む必要はないぞ。

「レナ、それじゃあそろそろ魔法を覚えていくか」

「——はいっ！　ポークちゃんには負けません！」

やる気満々なレナに、俺は魔法を教え出すのだった——。


「どうやらレナは、アタッカーというよりヒーラーの方が向いてるみたいだな」

「ヒーラーですか……」

適性診断をするためにひと通り基礎的な魔法を使わせてみた結果、レナは攻撃魔法よりも補助魔法の方が得意であることがわかった。

補助魔法というのは身体強化の魔法や回復魔法、浄化魔法といった味方を補助したり回復させたりする魔法だ。

中でも一番才能がありそうなのは、聖属性と呼ばれる三種類の魔法。

回復魔法と浄化魔法、そして神聖魔法だ。

この三つを使いこなすことができれば、優秀なヒーラーになることができるだろう。

だがレナはかなりしょんぼりしていた。

バカスカ魔法を打てると思ってたら適性があるのが補助魔法で落ち込む……魔法学院なんかでもよく見られた光景だ。

「そんなに嫌か？」

「いえ、嫌ではないです。でも私も皆と一緒に戦いたいと思っていたので……」

「どんなに強力なパーティーであっても、まったく傷を負わないってことはない。傷を負いながらそれでも戦い続けるためには、ヒーラーによる回復と支援は必須と言っていい」

「そ、そうなんですか？」

「ああ、俺は自慢じゃないがそこそこ強い冒険者だったが、うちのヒーラーのシンシアがいなくちゃ全滅していたような場面は何度もあった」

後ろにヒーラーがいるだけで、パーティーは安定するようになる。ヒーラーというのはある種の精神安定剤としても機能してくれる。

シンシアの存在があったからこそ、傷を負うことを覚悟の上で危険の中に飛び込み、死中に活を見出すことができたことも多かった。

「それにヒーラーとしての腕が上がれば、以前より皆にできることが増える。怪我や病気を診ても治せなくて歯噛みするようなことは、きっとなくなるはずだ」

「――やります！　私、頑張りますっ！」

村の薬師をしてきたレナには、俺の言葉がクリティカルヒットしたようだ。

彼女はこの日から、聖属性の魔法を一心不乱に勉強し始めることになる――。

第五章　聖女シンシア

カーライル王国は聖教を国教としている。

聖神ウテナを神と定めている聖教は、王国によって手厚い保護が行われて、国民は皆聖教を信仰している。

回復や浄化に秀でた聖属性魔法の使い手のほとんどは聖教の所属であり、魔王を始めとする魔族の討伐時にはその力を大いに発揮した。

宗教団体といえば堕落をするのが世の常だが、聖教の場合その限りではない。

聖教の場合、堕落した者には天罰が下る。

そのため聖教会では常に構成員は敬虔《けいけん》な信者であり、教会内は腐敗することなく清浄を保ち続けているのだ。

聖教では枢機卿と呼ばれる教会行政にたずさわる高位聖職者による合議制が敷かれているが、それとは別に特殊な立場の者がいる。

それこそが聖女――当代無比の聖属性を使いこなしいくつもの伝説を残した伝説の魔法使いである。

魔王を討伐したことでその名を更に高名にした聖女シンシアは、一人教会で祈りを捧げていた。

「聖神ウテナの導きがあらんことを……」

「やあシンシア、遊びに来たよ！」

教会のドアを開き、まるで友達のように気軽にやって来た少女がいる。

いや、事実彼女はシンシアのほとんど唯一といっていい友達であった。

短く切り揃えた髪を揺らす彼女は、アイラ。

クロノと共に魔王を討伐した、勇者の少女だ。

「アイラ！　聞いていたよりずいぶんと早い到着ですね」

「うん、楽しみだったからさ。ちょっと早く来過ぎちゃった！　てへぺろ」

悪びれもせずにそう言うアイラに、シンシアは苦笑する。

アイラの天真爛漫なところが、シンシアは嫌いではない。

けれどその対応をするのにはあまり慣れていなかった。

救世の旅の道中では、彼女にいろいろと振り回されるのは基本的にクロノの役目だったからだ。

「いいなぁシンシア、聞いたよ！　アリーダに行くって」

「浄化と消却は教会の公共事業ですから、私用というわけじゃないですけどね」

瘴穴の消却と瘴気の浄化は、聖属性のエキスパートが多数在籍する教会しか行うことができ

ない。

教会からしても信徒が魔物の危険に晒されることなどあってはならないため、浄化と消却は積極的に行われていた。

だが基本的に教会は腰が重く、本来ならいろいろと段取りを整えなければ行われることはない。まず最初に同行する聖戦士を集め、そこから担当する枢機卿を決定し、現地での行動がスムーズに行えるように教会支部との話し合いを行い……いくつものステップを踏んでから行われるのだ。

けれど今回の場合、教会側の対応は非常にスムーズだった。

聖女シンシアが自ら手を挙げ、折衝をあっという間に済ませてしまったのである。

もちろんそれは、ラインハルト同様シンシアもクロノに会いたいが故の行動であった。

「いいなぁ、ラインハルトもシンシアも。私だって師匠に会いに行きたいのに……」

「ふふ、勇者様となると大変ですね」

「からかわないでよ、もう」

アイラは自分だけが仲間はずれにされていると感じたのか、ぶーたれている。

そんな顔しないのと彼女の頭を撫でるシンシアの様子は、慈《いつく》しみに溢れた母のようであった。

「伯爵様となるとなかなか身動きが取れないですものね」

「ホントにそうだよ。責任ばっかり重くなるし、やらなくちゃいけないことばっかりだし……これなら魔族を倒す方が万倍マシだよ」

救世の旅のメンバーのうちクロノとラインハルトは子爵に任じられていたが、魔王を倒した張本人であるアイラは伯爵位を与えられている。

伯爵は上級貴族であり、広大な領地と男爵・騎士爵の任免権を持つ王国において非常に重要な役割を果たす立場だ。

本当なら何も考えずにアリーダへと向かいたいのだが、両肩に乗っている伯爵の肩書きのせいでなかなか身軽に動くことができない。

直感型で思い立ったらすぐ行動というタイプのアイラは、思い通りに動けない現状にどうやら鬱憤《うっぷん》が溜まっているようだった。

「あの頃が懐かしいよ。また昔みたいに師匠とシンシアと一緒に、いろんなところを巡りたい……」

「ら、ラインハルトさんも忘れないであげてくださいね……」

救世の旅において、アイラ達は各地に出没し人に仇《あだ》なす魔族を倒しながら、魔王と戦えるだけの地力をつけていった。その過程で彼女達は世界各地を周り、各国の王達から協力を取りつけていったのだ。

何度も死にそうになったこともあったし、嫌なこともあったけれど、今となってはそれら全てがかけがえのない思い出だ。

「私もそうです。もし良ければ、アリーダに行った時に王都に帰ってきてもらえないか聞いてきますよ。王都であれば、ある程度融通も利くでしょう?」

「えっ⁉　う、うん、それなら平気だよ！　なんならうちの領地に来てくれてもいいし！」

「良かった……あなたの機嫌が悪いままだと、クロノさんも悲しみますから」

「えへへ……ありがと、シンシア！　でも……負けないからね！」

聖女と勇者。

二人の立場は変わったが、二人の関係性は変わらない。

二人は救世の旅を共に乗り越えた戦友であり、かけがえのない親友であり、そして……クロノに思いを寄せるライバルなのだ。


どうやらレナの天稟《てんぴん》は、回復魔法にあったらしい。

彼女は大量の魔力を使って練習を繰り返すことで、回復魔法の腕をメキメキと上げていた。

近くに騎士団の鍛練を受け、絶え間なく擦り傷や打撲を負っている者達が多かったのも大きい。回復魔法をかける相手に困らないおかげで、普通の魔導師の何倍もの速度で上達している。

レナは既に中級魔法であるハイヒールまで使いこなせるようになっており、今では俺が何もせずとも騎士団や村人の皆、病で困っている人達の看病などを完全にこなせるようになっていた。

彼女は以前にも増して頼もしい、村の薬師に成長しつつあった。

「そろそろハイヒールよりも上……上級魔法のオールヒールも使えるようになるかもしれないな」

「頑張ります！」

魔法の基礎学習はつまらない。

上達しているかどうかもわかりづらいし、即座にわかりやすい結果に結びつかないからだ。

その段階を超えて実践に入ったレナは、目に見える形でどんどんと人の役に立てていることが嬉しくてたまらないようで、それが習熟するスピードに直結しているようだ。

魔法において最も重要なのはイメージだ。

そしてレナは以前から村の薬師として活躍していたため、そこに関しては既にクリアしている。

どうすれば治るのか、どういった症状を緩和したいのかなどなど……何をしたいのかが明確になっているため、既にイメージが固まっているのである。

その上達速度は俺でも目を見張るほどだ。こと回復魔法に関してはアイラに匹敵するほど伸びのスピードがエグい。

確かに魔力が多いことはわかっていたが……まさかこれほどとは思っていなかった。

「ぶうっ！」

ちなみにポークの方も、魔法が使えるようになっている。

ポークに適性があったのは火魔法のようで、彼は今では炎を吐いたり火球を生み出したりすることができる。

ただ、一番威力が出る攻撃方法は、魔法で全身に炎を纏わせて行う突進だった。

見た目は完全に豚の丸や……いや、皆まで言うまい。

騎士団達による村の男達の鍛練も順調に進んでいる。

今では騎士の監督の下、近くの森に出掛けてゴブリンを狩ることができるくらいには実力が上がっていた。ちなみに当初から参加していたメンバーは誰一人として脱落はしていない。

以前と比べると甘えがなくなったのか、それとも騎士達に何か吹き込まれたのか、最近のトリスは凄く礼儀正しい。

以前のように突っかかってこないのが、少し寂しいと思う自分もいる。

そして俺はレナ達に魔法を教えたり、鈍らないよう騎士団の鍛練に混ぜてもらったりしながら身体を引き締めていた。

レナと一緒に間食をし過ぎていたせいで少しぷにぷにになっていた二の腕も今ではしっかりと引き締まり、お腹のお肉だって摘めなくなった。

とまあそんな風に村の戦力が増えたりしているうちに、一ヶ月ほど時間が経過していた。

「ふわぁ……そろそろお開きにしますか」

四本目のボトルを空けたラインハルトが、あくびをしながら干し肉を摘む。

幸い国内の状況は安定しているようで、高鷲騎士団はしばらくの間開拓村の逗留《とうりゅう》が認められていた。

おかげでラインハルトと一緒にいる時間を取れるようになった。

ラインハルトの方は結構忙しいようだが、手すきだった時には、こうして一緒に酒を飲むようになっている。

「お前は明日も早いしな、回復魔法かけとくか？」

「大丈夫です。二日酔いになってたら、明日の朝にお願いしようかな」

もう二人とも、魔王討伐という人類の命運を背負った責務からは解放されている。

以前とは違う気苦労をするようになったが、前に感じていた重圧と比べれば二人とも気楽なものだ。

ラインハルトと二人きりで話をするタイミングはあまりなかった。

一緒にいる時間が減った方が仲良くなるというのは、不思議なものだ。

かつての仲間という意識があるからか、二人とも気負わずに好きなように話をすることができている気がする。

「ラインハルトにはいい人はいるのか？」

「縁談は何件か受けてるんですが……なかなか『これだっ！』って人と巡り会えないんですよね」

ラインハルトの年齢は二十二歳。王国貴族としては、結婚の適齢期だ。

剣聖として王国の外までその名を轟かせてるラインハルトは相当に引く手数多《あまた》なようだが、まだ一人には決めかねているようだ。

「というかそれを言うなら、クロノさんの方はどうなんですか？」

「俺か？」

「はい、むしろ年齢的にはクロノさんの方が……」

「言うなよ、悲しくなるから」

俺の年齢は二十八。結婚適齢期はもう過ぎている。

結婚……結婚か。

今まで一度も考えたことがないと言えば嘘になるが、そもそも出会いもない。

貴族になったから相手も貴族になるんだろうが、根本的に貴族の令嬢とは話とかいろんなものが合わないのだ。

舞踏会だろうがお茶会だろうが全て断っている俺が、そういったものに心血を注いでいる令嬢と一緒になって、まともな家庭を作れるとも思えない。

もちろんいい相手がいれば結婚しようとは思っているんだが……運命の出会いなんてものは、その辺に転がってはいないわけで。

「クロノさんは、今気になってる人とかいないんですか？」

「魔法学院生みたいなこと言うなよ」

「いいじゃないですか、騎士団ノリってやつですよ。部下がやってるのを見て、一度やってみたいと思ってたんです」

ラインハルトに言われて、少し考えてみる。

俺の脳裏には、三人の女性の姿が浮かんできた。

弟子の勇者アイラ、救世の旅を共にした聖女シンシア、そして開拓村に来てから多くの時間を共にしたレナ。

……いや、なんでこの三人なんだ。

「おや、誰か意中の人はいるみたいですね？」

「意中の人……なのか？」

よくよく考えてみると、俺に異性の知り合いは少ない。

アイラ達も、一緒に仕事をした仕事仲間であって、それ以上の関係ではないしな。

俺、異性との出会いがあまりにも少ないんだな……噂に聞く合コンとか、やってみた方がいいんだろうか……。

「き、気を取り直してくださいクロノさん！　そ、そうだ、こないだ倒した邪龍の素材なんですが、どうやらオークションにかけられるみたいで……」

俺もラインハルトも恋愛話に花を咲かせるだけの話のネタなどなかったので、そこからはいつもの話題に戻った。悲しき独身男達だな、俺らって……。

結局五本目のボトルを空けたところで、その日はお開きになった。

しかし……結婚か。そもそも異性と付き合ったことのない俺にはいささかレベルが高過ぎる。まずは付き合うところからなわけだが……彼女って一体どうやって作るんだろうか。

ラインハルトに言われ、俺は以前より異性と付き合うことについて真剣に考えるようになった。そしてそれから間もなくして、元パーティーメンバーであるシンシアが開拓村にやって来たのだった――。


「お久しぶりです、クロノさん」

久しぶりに会ったシンシアは、以前にも増して美人になっていた。

金色の長い髪の毛はさらさらと風に流れ、真っ白で透き通った肌はこれでもかというほどに陽の光を反射している。

金の刺繍の施された青の修道服は、楚々《そそ》とした印象を与えるが、ゆったりとした服越しにもわかる身体の凹凸《おうとつ》は、男達の視線を釘付けにしてしまうほどに魅力的だ。

「ちょっとアンタ！」

「いだだっ！　耳、耳が取れる！」

今も旦那がシンシアに見とれているのに気付いた若奥様が、オーガのような表情を浮かべて耳を引っ張っている。

ちなみに俺は、シンシアの顔に視線を固定させている。

俺は紳士だし、それに一緒に旅をしてきたからシンシア耐性もある。

シンシア耐性ってなんやねんと自分で自分にツッコミを入れながら、両手を広げた。

「シンシアも元気そうだな。また綺麗になったか？」

「あらやだ、お上手ですね」

そう言ってたおやかに笑うシンシア。口を押さえて上品に笑うその様子に、不覚にも心がぐらついた。

少し前にラインハルトと男子トークをしたからだろうか、妙にそわそわしてしまう。女性慣れしていないせいか、しばらく会っていなかったというだけで無性に緊張してしまう。

くそ、こんなのモテない男の典型例じゃないか。

悔しがりながら顔を下に向けると、こちらを見上げるポークと目が合った。

撫でり。無意識のうちに、その身体を撫でてしまう俺。

「ぶぅ……」

俺の指捌《ゆびさば》きに、ポークが気持ち良さそうに目を細める。

撫でていると、俺の方も気持ちが落ち着いてくる。

再び顔を上げると、先ほどのように心が揺れることはなくなっていた。

「こいつがポーク、今ではこの村のマスコットだ」

「かわいいですね。よろしくね、ポークちゃん」

「ぶうっ！」

ポークはシンシアに撫でられて、鼻をふごふごと動かしていた。

気付けばシンシアの胸に身体を埋めていた。

うらやま……けしからんことこの上ない。

ポークは満足したのか、シンシアの後ろの方の人達の方にとことこ歩いていく。

「おお……」

「かわいいですね……」

巌のような教会の戦士達も、シンシアの供回りらしきシスターさん達も、ポークのことを撫で始める。

撫でてもらえると思ったからか、どこかから瓜坊たちもやって来た。

野生を忘れたケイブボアー達が気持ち良さそうに撫でられている。どうやら彼らのかわいさには、聖職者も敵《かな》わないらしい。

「クロノさん、隣の子も紹介してくださいませんか？」

ビクッと思わず身体が跳ねた。なぜか冷や汗がダラダラと流れてくる。

声音も先ほどと変わらず、表情も笑顔のままだ。

だがなぜか、シンシアの身体からプレッシャーのようなものが発されている。

な……なぜだ？　何か地雷を踏んでしまったのか？

「え……？　ああ、この子はレナ。この村の村長さんの娘で、俺の秘書のようなことをしてもらっている。今は俺の魔法の弟子でもあるな」

「――初めまして、レナと申します」

「シンシアと申します。よろしくね、レナちゃん」

「あなたがシンシアさん……クロノさんからお話は聞かせてもらっています」

レナもシンシアに笑顔を返す。

浮かべているのは満面の笑みのはずだが、なぜかレナの笑顔も怖かった。

二人の視線がバチバチと激しくぶつかり合う。

シンシアの背中には鬼が、レナの背中には狸が見えており、互いのことをにらみつけている。

なぜかわからないが、一触即発のようなピリピリとした空気が流れている。

「やあシンシア、久しぶりだね」

「あらラインハルト、久しぶりですね。壮健そうで何よりです」

「ここ最近は大分羽を伸ばせているからね。肩の荷が下りたのか、随分楽になった気がするよ」

このままいけば何かマズいことが起きる……そんな雰囲気を打ち砕いたのは、我らがラインハルトだった。

彼が来てくれたおかげで、シンシアがスッとプレッシャーを収めてくれる。

ホッとひと息つけた俺達は、そのまま話の続きを場所を変えて行うことにした。

瘴穴の消却と瘴気の浄化……ひと筋縄ではいかないその難事をやり遂げるためには、しっかりと事前の対策が必要だろうからな。


今回も前回の森の魔物討伐の時と同様、俺は一緒には行かないことにした。

魔物が凶悪化してしまうのは避けたいからな。

ひと通り事情を説明すると、シンシアも納得してくれたようだ。

とりあえず旅の疲れを癒やし、森へ向かうのは明日からという形に決まる。

旅に同行してきた聖戦士と呼ばれる教会所属の兵士達と、既に森についてかなり詳しくなっている高鷲騎士団が合同であたることになった。

現在では魔物の数もかなり間引くことに成功しており、以前と比べると危険性はかなり減っているらしいが……それでも念には念を入れておいた方がいい。

瘴穴の消却をしている間、術者は無防備になる。

不測の事態が起こらぬようにするためにも、戦力は多ければ多いだけいい。

体力バカだったアイラとは違い、シンシアはそこまで身体が丈夫なわけではない。

今日の夜はゆっくり疲れを取ってもらい、明日に備えてもらうことにしよう。

どうやったら見知らぬ土地で疲れを取れるだろうか。

美味い飯、至れり尽くせりのお世話……否、そんなものは王都でやりなれているはず。世話役もいるだろうからできることには限りがあるし。

うむむ……と頭を悩ませることしばし。

以前の記憶を掘り返し、俺はシンシアは風呂に入るのが好きだったのを思い出した。

そしてその瞬間に方針は決まった。

――浴場を作ろう。

やることが決まればあとは簡単だ。既に騎士団も帰ってきているため、魔力を使い切っても問題はない。

まずは余っている土地の中から場所を選定する。

次に間取りを決めていく。

二階建てにする必要はないから一階建てで、連れの人間と共に入る可能性を考えて荷物置き場は広めに。

風呂は広ければ広いだけいいというのが俺の持論なので、なるべくデカめに作る。

そのため、今回は露天風呂やサウナなんかの追加設備もナシなシンプルな作りにしてみよう。

「アースウォール」

まずは周囲からの視界を遮ることができるよう、四方に土の壁を出す。魔力を使って更に補強を行い、簡単に崩れないようにしておいた。

覗きをしようとする不届き者がいては、領主の俺としても面目が立たないからな。

そのまま土魔法で天井を作り固める。中が暗くなってしまうので、一旦亜空間に収納しておく。

そのまま荷物置き場と風呂場を土壁で区切り、両方を通り抜けできるように穴をくりぬく。

「アースコントロール」

次は浴槽作りだ。

アースコントロールを使い、凹凸を作っていく。

床はタイル状に変えることにした。全面土色だと少し地味なので、土魔法で少し材質を弄ってから火魔法で炙《あぶ》る。すると陶器のように少し緑がかった床ができ上がった。

半身浴もできるよう二段にしておき、滑らないように手すりも作っておく。

そのままの勢いで洗面台もいくつか作り、洗顔や石鹸類を置いておいた。

最後に土魔法で桶を作り、しっかりと洗えるように洗面台に鏡を設置して固定。

うむ、完璧だ。

荷物置き場の方はちょちょいっと作り、最後にさっき作った天井を取り出す。

そこに明かりの魔道具を設置してから、再度土壁の上に載せる。

壊れないよう再度補強をしたら、最後に浴槽に湯を張る。

時間がかかることも考えて熱めに入れておき、側に再加熱用の魔道具を設置したら完成だ。

完成風景を外から眺めてみる。

「……地味だな」

当たり前だが、壁も天井もただの土なので、見た目は恐ろしく地味だった。

そして、完成してから気付いた。入り口作るの忘れてた。

荷物置き場の方の壁に穴を開ける。すると外から着替えが丸見えだ。

これはマズいと、仕切り用の壁をもう一枚作る。

外から見えることがないよう位置取りに気をつけながら穴を開ける。

……場当たり的にやり過ぎるのも考え物だな。

まあ、できたからいいか。

こうして浴場が完成した。

早速シンシアに報告しに向かう。

「まあっ、お風呂ですか！　道中は基本的に浄化魔法で済ませていたので、楽しみです！」

浄化魔法は瘴気以外にもいろいろなものを落とすことができる。

身体の老廃物とか汚れとかまで落とせるため、浄化魔法が使えれば風呂やシャワーを使う必要はないのだ。

長らく風呂に入れていなかったからだろうか、どうやらかなり喜んでくれているようだった。

「もし良ければ、クロノさんも一緒に入りますか？」

「え、俺が？　どういうこと？」

オレ、オトコ。シンシア、オンナ。

一緒に風呂入る……イミワカラナイ。

頭の中がパニックになっていると、シンシアに笑われてしまう。

どうやらからかわれていたらしい。

「冗談です。私が入ったら、クロノさんもお入りになりますか？」

「え、俺が？　……そうだな、久しぶりに入るか」

シンシアが来て急に浴場作りをしたことからもわかるように、俺はほとんど風呂には入らない。

浄化魔法で身体を綺麗にすればいいからと、あまり改めて身体を清める必要性を感じないんだよな。

なんやかんやで洗ったり髪を乾かしたりするのにも時間がかかるし、その時間で別のことしたいって思っちゃうんだよな。

けど風呂自体は嫌いじゃない。せっかく誘われたし、使い心地を確かめがてら俺も入ることにしよう。

「もし良ければ、一緒にお風呂に入りませんか？」

シンシアがそう言って誘ったのは、誰であろうレナだった。

「え……はい、それじゃあご一緒させていただきます」

レナは風呂というものにそもそも入ったことがない。

シンシアに対するライバル意識と風呂への興味が激闘を繰り広げた結果、後者に軍配が上がったのだ。

二人は夕食後に合流し、一緒に浴場へと向かうことになった。

「凄い……」

二人の声が思わず揃った。

シンシア達が見上げているのは、四方を壁で囲みそれを蓋のように天井で閉じている、直方体状の建築物だ。

クロノはどうやらこれを、魔法で作ったらしい。

見慣れないものがいきなりできていて驚くレナだったが、中に入るとその驚きはより強烈なものになる。

「ふわあぁ……」

　どれだけ跳び上がっても届かないほどに高い天井の上に飾られているのは見たこともないキラキラとした明かりの魔道具だ。

　かごに着替えを置くための容器を見る。

（ここに着替えを入れるのかな……あれ、ってことは私は……今から裸になるってこと？）

　ちらと前を向く。

　そこには側仕えの修道女達に服を脱がせてもらっているシンシアの姿があった。

　慣れているからか、恥ずかしがるような様子は微塵もない。

　一糸纏わぬ全裸になったシンシアに、レナは思わず魅入ってしまった。

（綺麗……）

　シミやくすみ一つない真っ白な身体。その清らかさに、レナは彼女が都会では聖女と呼ばれていることの理由の一端を知った気がした。

　凹凸やボディバランスも見事で、神様が絶世の美女を作るために誂《あつら》えたかのようだった。

　レナは自分の身体を見下ろす。

　胸を手で持ってみると、ふにんと小さくも柔らかい感触が返ってきた。

（……まだ、まだ成長期だもん！）

　誰に言い訳するでもなく心の中で叫びながら、ぶんぶんと首を振る。

するとシンシアはもう湯浴《ゆあ》みのための準備を整えていた。

「今回は私が湯浴み用の道具は一式さしあげますから、是非楽しんでくださいな」

「あ、ありがとう……ございます」

レナはシンシアのことがあまり好きではない。

彼女の中の女性としての部分が、この人は危ないぞとしきりに警戒を促してくるからだ。

けれどことお風呂場に関しては、シンシアが先輩だ。

彼女のアドバイスに従い、まずかけ湯をして軽く身体を流してから、湯船に入る。

「ふうぅ……」

身体の外が熱い何かに浸されている感覚。

真夏の日差しともまた違う、包まれるような感覚に思わず声が出てしまう。

見ればシンシアも同じようにほうっと熱い息を吐いていた。

「「………」」

よくよく考えてみると、二人は会ってからほとんど会話らしい会話もしていない。

何を話していいのかわからない、沈黙の時間が続く。

湯気が立ち上って溜まった雫が、天井から落ちて再び風呂へと落ちる。

ぴちょりという音が、何重にも反響して浴室に響いた。

「レナさんは……クロノさんから、魔法を教わっているんですか？」

「はい。どうやら聖属性に適性があったみたいで……」

「……まあ！　実は私も聖属性に自信ネキなんですよ、もし良ければ見せてくれませんか？」

「ね、ネキ……？」

ネギの親戚か何かだろうか。

都会の言葉の意味はよくわからなかったが、別に出し渋ることもない。

クロノの言葉を信じるなら、シンシアは聖属性に関してはクロノをしのぐ実力があるという。

そんな人に魔法を見せ、教えを請うことができる機会などなかなかない。

レナはクロノのことは置いておき、今の自分にできる精一杯の魔法――中級魔法のハイヒールを発動させる。

浴室内を、緑色の治癒の光が駆けていく。

その中に混じった青の光を、聖属性魔法のエキスパートであるシンシアは見逃さなかった。

彼女はぴくりと眉を動かしたが、ハイヒールを使うことに一生懸命になっているレナはそれには気付かない。

「ふぅ……いかがでしょうか」

元々浴槽内が暑いのも合わせてじっとりと汗を掻いていたレナが、シンシアの方を向く。

自分にできることをやってきたという自負からか、その顔は輝いて見えた。

「なるほど……レナさんには確かに、聖属性魔法の才能があるようですね」

「本当ですかっ⁉」

「ええ、なるほどクロノさんが弟子にしたというのも頷けます……」

シンシアはそのままおとがいに手を当てて、何かを考え出した。

それを見ていたレナだったが、動きがないのですぐに手持ち無沙汰になり、なんとなく浴槽に顔まで浸かる。

ぶくぶくと空気を吐き出してみると、思っていたよりも楽しかった。

「レナさんの回復魔法には……浄化魔法が混じっていました」

「そうなんですか？」

「ええ……通常ならあり得ないことです」

回復魔法の緑の光に一瞬混じった碧《あお》。あれは間違いなく、浄化魔法の光であった。

通常、その二つが混じり合うことはない。

それは例えるなら、火魔法の中に水が入っているようなものだ。

混じり合うはずのない二つの要素が混じり合ってしまっている。

「もしかしたら……」

「………」

「いえ、なんでもありません」

意味深なことを言われた分落差が大きく、段差に腰掛けていたレナがガクッと態勢を崩す。

そしてそのまま、ぼちゃーんと勢いよく浴槽に突っ込んだ。

「あたたた……ヒールヒール」

打った頭にヒールをかけるレナはばつの悪そうな顔を向けるが、シンシアは素知らぬ顔。

彼女はにこりと聖女の笑みを浮かべるだけだった。

「ですがあなたに才能があるのは事実。私で良ければ、魔法習得のお手伝いをしましょうか？」

「よ、よろしく……お願いします……」

「な、なんでちょっと嫌そうなんですか⁉」

当初はいがみ合っていたレナとシンシアだったが、これが裸の付き合いの効果なのか、風呂を出る時にはなんやかんやで結構仲良くなっているのであった。


「どうぞ、私は上がりましたので」

シンシアが湯浴みを終えて、俺の家にやって来た。

髪に香油をすりこんでいるのか、どこか大人の女性の匂いがしてクラクラしてくる。

「どうだった？　タイルとか結構気合い入れて作ったんだが」

「凄く良かったですよ。レナさんも喜んでました」

「……レナが？」

話を聞いてみると、どうやら彼女はレナと一緒に風呂に入ったらしい。

確かに誰かと入る風呂は、一人風呂とはまた違う良さがある。

俺もラインハルトでも誘ってみるか。

思い立ったら即行動、野営地にラインハルトを呼びに行こうと立ち上がる。

「あのっ……久しぶりに元パーティーメンバーの三人で、水入らずで話でもしませんか？」

背中からかかってきた声に思わず振りかえる。

昔のことを懐かしく思っている俺には、なかなかクリーンヒットな提案だ。

「一時間後に俺んち集合な！」とガキ大将のような言葉を残し、俺は野営地へと駆けていく。

シンシアはなぜか俺の姿が見えなくなるまで、こちらをジッと見つめていたのだった。


「いいですね、たまには。入りましょう、お風呂」

なぜか倒置法を駆使したオッケーを出してきたラインハルトと一緒に、風呂場にやって来た。

ぽぽーいと服を脱ぎ、かけ湯をしてから風呂に浸かる。

少し温《ぬる》かったので、魔道具に魔力を籠めて追い炊きをする。

「「ふうぅ～……」」

ラインハルトと声が重なった。

熱いお湯に入ると、思わず声が出てしまう。

火魔法とかを食らうくらいなら全然平気なんだけど、風呂はなぜか我慢できないんだよなぁ。

「久しぶりに入るといいな……」

「ですね……身体の芯の方の疲れが取れるような気がします」

「ああ、確かにな……」

回復魔法やポーションを使えば、身体の疲れや眠気なんかはある程度軽減できる。

けれどなんというか、身体の奥の方にはやはり疲労感のようなものが残るのだ。

風呂は身体の筋肉をほぐしたり血行を促進してくれたりする効果がある。

こうして一度入ると、風呂の良さに気付くな。

救世の旅をしていた時ほどあくせくしていないのも、プラスに働いているのかもしれない。

「そうだ、このお風呂場、一般にも開放しちゃえばいいんじゃないですか？」

「なるほど……せっかく作ったし、使わないともったいないか」

「頑張って水路も作ったみたいですし、このお風呂場にも水は引けるのでは？」

「……そうだな」

風呂好きのシンシアを喜ばせるために作った浴場だが、確かにこのまま放置するのももったいない。

俺が入るだけなら五右衛門風呂で十分だし、一般開放すれば皆喜んでくれそうだ。

源泉掛け流しってわけにもいかないから、魔道具を使ってしっかり加熱する必要はあるだろうけど。

……む、そういえばこの辺って温泉湧いてるのかな。

「浴場を作ることに意識が向いてたから調べてなかったけど、温水が出るところがあるかもしれん。見つけられれば温泉が作れるぞ。明日、探査魔法で調べてみようかな」

「いいですねぇ！　やっぱり銭湯と温泉だと、温泉の方がありがたみが増しますもんね！」

「いや、温泉が湧き出すならそれを呼び水にして新しい村人を呼び込めるかもしれないしな」

「あぁ、なるほどそっちですか」

そっちがどっちを指しているのかはわからないが、ラインハルトはしきりにふむふむと頷いている。

温泉が湧き出るとなれば、ある程度人を呼び込むこともできる。

しっかりとした宿を作ったり名産品みたいなものを売ったりして、収益を上げることもできるかもしれない。

そう考えるとなるほど、地下水探しには大分意味がありそうだ。

まあ……そのあたりは明日の俺に任せよう。

今日はゆっくり湯に浸かるのだ。

「クロノさん、お酒とかないですか？」

「風呂で酒……？」

「王都の貴族の間では結構流行ってるらしいですよ」

「なんと、そんな文化が」

少し気になったので、俺よりはるかに情報通なラインハルトに言われるがまま、酒とコップを取り出す。

持ちきれなかったので、コップはお盆に置くことにした。

水の中に落ちてしまわないように、縁が高いお盆の上に載せる。

「ワインとビール、どっちがいい？」

「それじゃあビールでお願いします。キンキンに冷えたやつで」

「注文の多いやつだ」

亜空間からビール瓶を取り出し、氷魔法を使って冷やす。

泡立ちが悪くなるほどキンキンにしてから二人分の酒を注ぐ。

「「乾杯」」

コップを傾けると、火照っている身体の中を冷たいビールが通っていくのがわかる。

汗を掻いている身体と冷たい飲み物というのは、なかなかに犯罪的な組み合わせだった。

気がつけばコップが空になっている。

ラインハルトがぐぐっと空のコップを差し出してきた。

おかわりを注いでやると、たまらんとばかりに飲み干す。

俺も二杯目を軽く飲み干し、ひと息ついた。

「ふぅ……なるほど、これは流行るのもわかる」

「これは……悪魔的ですね。全身がふやけるまで風呂にいてしまうかも」

「わかる、わかるぞ」

つまみも取り出して、お盆の上に載せていく。

ビールに合うのは味の濃い干し肉や魚の塩漬けだ。

酒も進むし、つまみももの凄い勢いでなくなっていく。

何倍おかわりをしたのかも忘れ、どれだけ風呂に入っているかもわからないような状態になったところで、これはヤバいと気付く。

回復魔法を使うとアルコールは飛んだが、かなり身体がぐったりとしている。

明らかに湯疲れの症状が出始めていた。

「く、クロノさんが三人います……」

「こ、これは制限をしておかないと危ないかもしれないな……」

風呂での飲酒は、しばらく控えよう。

正気を取り戻したラインハルトと一緒に風呂を出た時、俺達の心は通じ合っていたのだった——。

「遅かったですね……くさっ、臭いです！　二人とも、もしかしてお風呂で飲んでたんですか？　ツンとするアルコール臭が……」

「ああ、飲んでた。あれは危険だなシンシア、時間と脳みそが溶けていく……」

「ラインハルト、あなたまたクロノさんに変なことを吹き込んで！　クロノさんは言われたことはなんでも信じちゃうんだから、そんなことをしてはダメでしょう？」

「いや、そんな俺を赤ちゃんみたいに……」

「うう、ごめんよシンシア。でも間違いなくいいものではあったから……」

俺の抵抗は完全にスルーされ、シンシアのお説教が始まる。

まるで説法を聞いているようにとうとうと話される説教に、俺とラインハルトは身を縮こまらせていることしかできなかった。

確かに風呂場で下手に盛り上がってしまったせいで、シンシアを待たせてしまっていた。酒が入っていたとはいえ、大変申し訳ない。

「まったくもう、クロノさんは私が見てないとすぐダメ人間になっちゃうんですから……」

シンシアがその白魚のような指を振ると、俺達の頭から回復魔法が降り注ぐ。

彼女の魔法は俺のものとはレベルが違い、先ほどまで感じていた湯疲れまで一瞬でなくなってしまった。さすが本職という感じだ。

「さて、それじゃあ気を取り直して……そういえばもうご飯は食べましたか？」

「軽く、でもまだまだ食べられるよ。クロノさんもそうですよね？」

「ああ、まだまだ食べ盛りだからな」

「私達の中で一番年長なんですから、少しは食事にも気を遣わないとダメですよ」

「う、善処させていただきます……」

今までは領主だからと気張っている部分も多かったが、こうして気心知れた仲間と一緒にいると素の自分を出せる。

巷《ちまた》では賢者なんて呼ばれちゃいるが、所詮《しょせん》俺なんてそこまでできた人間じゃない。

魔法に人生を捧げてきたおかげでなんとか社会と接点を持てたのは、本当に幸運なことだった。

俺もラインハルトもお互いの近況は知っているので、話はシンシアが魔王を討伐してからの話になった。

どうやら彼女も彼女で、いろいろと大変だったらしい。

聖教会という一大組織の中で聖女という肩書きを持ったことで、責任や業務が増えているんだと。

やはり彼女もラインハルトと同様、最前線で戦っていた頃と比べると事務仕事や部下への対応の方が増えているという。

平民の中には立場がある人間というのは傍若無人に振る舞えると思っている人が多いが、現実はそんなに簡単ではない。

立場が上がるってことは、それに伴うしがらみも増えるということだ。

やらなければいけないことばかりが湧いてくるせいで、自分の時間なんてものはどんどん取れなくなっていく。

俺も領主でひーひー言ってたつもりだが、二人の話を聞いてると俺なんてまだマシな方だとわかる。

やはり速攻で領地をもらって隠居を決め込んだのは正解だった。あの時の自分を褒めてやりたい。

「アイラちゃんも会いたがってましたよ」

「そうか、それなら近いうち王都に戻ろうかな」

「本当ですか?」

「ああ、そろそろ料理のストックがなくなりそうだからな」

素材だけならあるが、料理はそこまで大量に買い込んではこなかった。

これからのことを考えると、いくらでも買っておきたい。

それにこうして二人に会ったことで、アイラの顔も見たくなっていた。

あいつ、ちゃんと貴族できてるのかな。上級貴族なんて柄じゃないだろうに、上手くやれてるんだろうか……。

「アイラちゃん、毎日社交パーティーの連続ですよ。最近では陛下から結婚しないのかと聞かれて結構焦ってました」

「そうか、あいつも頑張ってるんだな……」

年齢こそそこまで離れてはいないが、アイラは俺からすると、妹のような娘のような存在だ。

俺はアイラが問題児だった頃からずっと一緒だったからな。基本的な魔法技術や礼儀作法なんかを仕込んだのも俺だ。

しかし、アイラももうそんなことを考える時期か。年齢はたしか……十九とか二十とかその辺だったはずだ。確かに、そろそろ結婚適齢期に差しかかる頃だな。

「そういえばシンシアの方はどうなんだ？　というかそもそも、聖教の聖女って結婚していいの？」

「聖教の教義は産めや増やせや地に満ちよ、なので結婚自体は問題ありません。ただなかなか相手が……」

「確かに、聖女様を出すとなると教会も相手を選ばなくちゃいけないもんな」

既にシンシアは、自分の自由に結婚のできる立場にはない。

さっきの発言にも関わってくるが、聖女様という立場に立ってしまったことで、シンシアには教会に対する責任が発生してしまっている。

故に彼女の結婚する相手は、教会にとっても好ましい人間でなくてはならないのだ。

恐らく王国の上級貴族の嫡男あたりと結婚することになるのではなかろうか。

「俺もなかなか相手がいないんだよなぁ」

「奇遇ですね。それなら私達、結婚しちゃいますか？」

そう言ってこちらに笑いかけてくるシンシア。

一瞬身体が硬直したが、彼女が浮かべている冗談じみた笑みを見て、俺も軽い笑いを返す。

「それもありかもしれないなぁ」

「僕もただ敵と戦っていれば良かった時代に戻りたいよ」

疲れた笑いをするラインハルトに言われ、ワインボトルを取り出す。

酒と一緒に愚痴も飲み込もう。どうせなら楽しい話をした方が、人生は彩り豊かになるものだ。

「シンシアはやめておくか？　その……教義的に」

「問題ありません。ワインは救世主の血ですので、ワインだけなら飲めます」

「もしかしたらそのうち、ビールは救世主の汗とか言い出したりするのかな？」

「飲んべえな教典作成者がいたら、ありえるかもしれませんね」

聖女としては少しばかり信心が足りない気もするが、彼女がそこまで敬虔《けいけん》な聖教徒でないことを知っている俺達からすれば今更のことだ。

シンシアがワインを注いだグラスに口をつけようとしたところで、ハッと何かに気付く。

「そうだ、ちょっと待っていてくださいね……女神の祝福《ゴッデスブレス》」

それは彼女の使うことのできる最上級の回復魔法だった。

大いなる存在を思わせるほどに神聖で、温かみを感じさせてくれる緑色の光が俺の全身を包み込んでいく。

陽光を浴びながら昼寝をしているような心地好い眠気に誘われそうになる。

なんとかして起きていると、ようやく光が収まった。

「うーむ、やっぱりダメでしたか……でもいずれは！」

彼女の回復魔法を使っても、俺の魔王の呪いはなんら変わらなかった。

修行は続けているのに……と悔しがるシンシア。

どうやら彼女は俺の呪いを本気で治すつもりのようだ。

もちろん治るに越したことはないので、俺の方も気長に待たせてもらうことにしよう。

「ほら、ワインが冷めちゃいますよ」

「ワインは冷めないぞ」

「場を和ませる聖騎士ジョークですよ」

「どうやら聖騎士には、ギャグのセンスはないみたいだな」

気を取り直して酒を飲み出した俺達は、結局日付が変わるまで、救世の旅の思い出について楽しく語らうのだった——。

次の日。回復魔法で既に酔いも睡眠不足も治しきってしまったシンシアは聖女然とした格好をして森の入り口に立っていた。

脇はお供の聖戦士と僧侶達で固められており、なんだか侵しがたい雰囲気を感じさせる。

そしてその後ろには、ラインハルト率いる高鷲騎士団が緊張の面持ちで立っていた。

「それでは行ってきます、クロノさん」

「おう、気をつけてな」

俺が見送る中で、シンシア達が高鷲騎士団の先導の下、森の中へと抜けていく。

その最後の一人の背が見えなくなるまで見送ってから時刻を確認すると、まだ朝の七時だった。

それなら昨日言っていた温泉発掘を始めることにしよう。

俺だけだとパワーが足りないので、助っ人も呼ばなくちゃいけないな。


俺は村の外れ、森と村の中間地点の辺りにやって来ていた。

今回連れてきているのは……

「「ぶうっ！」」

一糸乱れぬ隊列を披露しながらぶぅぶぅ言っている、瓜坊たちである。

彼らも最近では、すっかり村のマスコットとして定着し始めている。

ボア犂によって畑作業は随分と楽になり、仕事が楽になったと皆からかわいがられているのだ。

実際有用なので、魔物だからと隔意《かくい》を持つ人間もすぐにいなくなった。

働いた分満足するだけの餌もあげているので、どの個体も目に見えて血色が良くなっている。栄養が足りているからか、毛並みも以前よりずっといいように見える。

「というわけで今から穴を掘ってもらうぞ」

「――ぶっ⁉」

「ぶぶうぅっ！」

猪は穴掘りが好きだが、猪型の魔物である彼らも穴を掘れるのは嬉しいらしい。

というか、やっぱり完全に言葉が通じてるよな……うん、深く考えるのはやめておこう。

まず最初に探知魔法を使ってみる。

探知魔法で調べることができるのは、基本的には魔力がある生き物や物体だ。

地下深くまで探索の網を伸ばしてみるが、いくつかある魔力を微量に含む地質を除くと、めぼしいものは見つからなかった。

そこで俺は早速行き詰まってしまった。

「探知魔法でどうやって温泉を掘り当てるか……」

俺の魔法は自分で言うのもなんだが、戦闘に特化している。

生体の居場所を探り当てたり罠を看破したりすることは大の得意なのだが、こういった魔力を持たない地下水を探り当てたりするやり方がわからないのだ。

苦手とか以前の問題で、そもそもどうやればいいのかもわからないのだ。

魔王討伐には必要ないと戦闘以外の魔法技術に触れてこなかった弊害だな……。

とりあえず魔法をアレンジして、温泉を探してみよう。

魔法で最も大切なのはイメージだ。

自分にわかりやすい感じで考えてみるか……そうだな、地下にアースドラゴンが隠れ潜んでいるとしよう。

んで、そいつは魔力を完全に隠蔽《いんぺい》することができる。

そんな奴をあぶり出すにはどうしたらいい？

使うのは土魔法だろう。

開拓村にやって来てからはお世話になりっぱなしな便利魔法、アースコントロールが一番合ってるだろうな。こいつを使えば、ある程度土や鉱物の形を変更することができるし――

はっ、そうか！

アースコントロールで動かない部分があれば、その場所は空洞か……もしくは別の何かで満たされているということになる！

そういったところを虱潰《しらみつぶ》しに探していけば、何かを掘り当てることはできるはずだ！

「アースコントロール……よし、早速見つけたぞ！　ここほれブーブー！」

（行くぞ皆、ぶううううっっ！）

「「ぶうううううっっ‼」」

一体あの丸っこい身体のどこにそんな力が隠されているのか、ポーク達がもの凄い勢いで土を掘り進め始める。

今回は後のことを考えて魔力を節約しているため、アースコントロールで土を柔らかくしたりもしていない。

けれどまるで顔自体がスコップか何かであるように、顔を突っ込んで前足で掻き分けて、凄い勢いで地面が抉《えぐ》れていく。

本気を出しているからか、ポークは一人炎にその身を包みながら猛烈な勢いで掘り進めていた。

するとそれから数分もしないうちに……

（み、皆！　退避だーっ！）

ポークが念話でそう告げると同時、掘り進められて底がどこかもわからなくなっている地面から、水が飛び出してくる。

ジェット噴射のように飛び出す水の勢いで、底の方にいたポーク達が押し上げられてぴゅうっと飛んでくる。

そして水によって飛ばされた瓜坊達は更に俺が見上げるほどの高さまで上昇していき、そのまま自由落下し始める。

ドスンと大きな音を立てて地面に落下。

「ぶっ！」

けれどさすがというべきか、皆しっかりと態勢を保っていたおかげで四つ足で着地を成功させていた。演目を終えたサーカスの団員のように、なぜか決めポーズのようなものまでしている。

どうやら一匹も怪我はしていないようでひと安心だ。

噴き出している水に触れてみる。

「……ぬるいな」

冷水というほどではないが、人肌よりはるかに低い温度だ。

これでは温泉として使うには少々心許《こころもと》ないだろう。

だが井戸としては問題なく使える。

瘴穴が消却できれば開墾を進めることができるから、その時はこの地下水を畑に引いてみよう。

一旦蓋をしておき、また別の穴を掘る。

近いところや同じ高さの場所だと恐らく同じ水源に当たってしまうだろうから、場所も少しずつズラしながら試行錯誤していく。

瓜坊達がジェット噴射によって打ち上げられること六回、ようやくお目当てのものが噴き出してきた。

「「ぶうううううっっ!?」」

全身に水がかかる瓜坊達が身をよじらせている。

噴き出す水からは湯気が立ち上り、そして周囲に臭いというか癖になるような匂いが立ちこめる。

恐る恐る水に触れてみる。

「熱っ！　あっっっつ！」

触れただけで手が火傷した。温度を測ってみるとなんと摂氏五十五度、そりゃあ火傷もするわけだ。

だがこれでようやく温泉を掘り当てることができたぞ。

回復魔法で火傷を治し、同じく軽い火傷をしている瓜坊達を治してやりながら、これをどうやって冷ますかと、どうやって村まで引いていくかを考える。

というかこうやって地下水を使えば、わざわざ川から水路を引っ張る必要もなかったんじゃ……これ以上は悲しくなるからやめよう。

ま、まあ干魃《かんばつ》の被害があっても、水の入手経路が二つあるというのはそれだけでデカいからまったく意味がないってわけでもないしさ！

まだ魔力には余裕があったので、アースコントロールを使って湧き出した湯を銭湯へと水路を作って繋いでいく。ただ温泉を引いたはいいものの、ちょっと温度が熱過ぎる。なので他に掘り当てた少しぬるいくらいの地下水と水路の中で混ぜ合わせて、ちょうどいい温度で湧き出すように調整することにした。

温水自体の温度がかなり高いので、農業用水路のように地表に作ったら火傷をする人が出てくるかもしれない。

それに実際に湯の中に入るわけだから、できるだけ綺麗な湯に入りたいというのも人の人情だろう。

ということで今回は、水路を地中に作ることに挑戦することにした。

地中にラインを作り、それを応急処置的に硬質化。これも他の農業用水路と同じく、後で石でも切り出してしっかりとしたのを作らなくちゃな。

水路を地中に作っていき、銭湯と繋げる。銭湯が温泉に変わった瞬間である。

温度は少し高めだったが、まあ入浴はできるレベルだから問題はないだろう。

ただこのままだと延々と水位が上がって水が溢れ出してしまうことに気付く。

排水用の水路も頑張って作ったところで、俺の魔力が切れた。

「頼んだ」

「「ぶうううっっ！」」

そこで呼び出したのは、再びポーク達。彼らがせっせと土を掘り起こしてくれる。

ちなみに排水用の水路の終着点であるここは、今度は村から離れた南の平原だ。

「ふぅ、疲れたな……」

木陰に座り、目を閉じる。

少し瞑想《めいそう》をするつもりが、普通に寝入ってしまっていた。

魔力が回復するくらいぐっすり眠ってから目を覚ますと、そこには驚きの光景が広がっていた。

「ぶぶぅ！」

「ぶうぶぶぅ！」

ポーク主導の下で、とんでもなく大きな貯水池ができていたのだ。

こ、こんなに広くなくていいんだが……。

明らかに温泉の排水をするには大き過ぎる貯水池だ。

見て見て、と輝く目をしてこちらを見るポーク達。

自分達が頑張ってしたことを褒めてもらいたいのか、皆でこちらを上目遣いにして見つめている。

う、うぐ……こんなキラキラした目をされると叱るわけにもいかない。

どうにか別の使い道でも考えねば……何かないだろうか。

「ありがとうな、皆」

瓜坊達を撫でて労《ねぎら》ってやりながら、俺は灰色の脳細胞を必死になって回転させる。

そしてピーンと閃《ひらめ》いた。

「これだけデカいなら……このまま、下水道の処理場として使っちゃうか」

この開拓村には、まだ公衆衛生の概念がなかった。

またそんな予算もないため、当然ながら上水も下水もまったく整備されていない。

井戸水があるから上水はなくてもなんとかなるが、下水がないせいでそのトイレ事情はなかなかにアレだ。

中には家の影に、その、ぷーんと匂いのするアイツを捨ててる奴もいるほどだからな。

俺は村の衛生観念の低さを常日頃《つねひごろ》嘆いていた。

これはそれらを纏めてなんとかするいいきっかけではないだろうか。

うん、そう思うことにしよう。

こうして俺はポーク達の張り切った穴掘りをきっかけに村に上下水道を整備することになる。

処理場はしっかりと浄化の魔道具を設置することで糞尿をクリーンに変えられるようにし、いざという時のための貯水池として利用するようにして。

下水が上水と混ざらないように水源を分けて……とやらなければならないことは非常に多かった。

日々の仕事に忙殺《ぼうさつ》されるうちに時間はどんどんと過ぎていく。

けれどどうにかこうにか、ラインハルト達が帰ってくる前に村全体に綺麗な水を行き渡らせ、下水道も整備することができたのだった……。

シンシア率いる聖教会の一団とラインハルト率いる高鷲騎士団は、今回共同戦線を張ることになっている。

基本的に先頭を行くのは、既に森での行軍にも慣れ地理に対する造詣も深い高鷲騎士団だ。

高鷲騎士団の戦闘能力は高い。

彼らは全員が身体強化を使いこなすことのできる歴戦の猛者であり、森の浅いところに出てくるような魔物は物の数ではない。

そして現在は後方からも支援が飛んでくる状態だ。

トドメをさす際、相手の決死の一撃を食らってしまった団員がいた。

彼は鎧の金属の薄くなっている手と腕の継ぎ目の部分を狙われ、小さな傷を負ってしまっていた。

痛みに小さく呻く彼に、一人の女性が近付いていく。

「ヒール」

誰であろう、聖女シンシアである。

彼女の回復魔法の練度は、他の回復魔導師とは比較にならぬほどに高い。

本来ならば初級の回復魔法であるはずのヒールでもその回復量は凄まじく、一瞬のうちに傷を完治させてしまった。

「問題ございませんか？」

「せ、聖女様っ⁉　は、はい、何も問題ありません！」

ドギマギしながら顔を赤面させている団員に、シンシアは優しく笑いかける。

一行は聖教会の手厚い支援を受けながら、誰一人傷を残すことなく進んでいく。

（今で……半分ほどでしょうか）

真っ白で、血管が浮き出るほどに白い肌は、とてもではないが野外活動に慣れているようには見えない。

触れれば折れてしまうような細い手足は彼女の儚《はかな》さを一層引き立たせ、同行する教会員ですら不安がらせてしまうほどだった。

「…………」

けれどどこの中で最も長い時間を共に過ごしてきたラインハルトは、彼女に対して何も声をかけない。

それは彼が、シンシアがそこまでか弱いわけではないことを知っているが故の、信頼の裏返しだった。

そしてシンシアは実際問題、この程度で音を上げてしまうほど柔な女ではなかった。

意外と知っている者は少ないが、彼女は教会の純粋培養による箱入りではない。

彼女は元は一般人であり、教会となんら関わりのない平民だったのだ。彼女はあるきっかけから、聖教会の門を叩くことになる。

あらゆる聖属性魔法を使いこなし教皇に次ぐ名声を得ている彼女も、当然ながら最初からその立場にあったわけではない。

ラインハルトと同様、彼女が聖女に至るまでには長い長い道程があった……。


シンシアはとある商家の次女として、この世界に生を受けた。

金銭的に余裕のある家に生まれた彼女は何不自由なく育てられた。

そして十分な教育を施され、その中でどんな才能があるのかがわかってくるようになる。

彼女には、聖属性魔法——聖教会の言い方をするなら神聖術——の適性があることがわかった。

聖属性魔法の才能を持つ人間はほとんど存在しない。

なぜなら聖属性魔法は、聖教が認めた唯一神に対する祈りによって発動する魔法だからである。

聖属性というのは全ての魔法の中で唯一、才能に拠《よ》らない魔法だ。

その練度は信仰心によって変わるため、シンシアは己の才能が発覚して以降はその身を聖教会に置き、ひたすらに神への祈りを捧げ続けることになる。

才能がいらない分、聖属性魔法を伸ばす難易度は他の魔法と比べると高い。

毎日祈れば祈るほど、少しずつ練度が上がっていく。

全体的にはその傾向が強いのだが、信仰とはそれほど単純なものではない。

原因はわかっていないのだが、祈っていても魔法の練度が下がることもあるし、敬虔《けいけん》な信徒の中にも聖属性魔法が突如として使えなくなったという話もいくつも存在している。

司教まで上り詰めた人の中にすら、聖属性魔法が使えなくなった者もいる。

シンシアもある程度聖魔法の実力は上がってはいったのだが、得られた力はあるところで伸び悩んでいた。

このままでは地方に出向く助祭になるのが精一杯……彼女がクロノに出会ったのは、そんな時のことだった。

「聖属性魔法で伸び悩んでいる？」

「はい、ですので今や時の人であるクロノ様に是非一度ご教授を賜《たまわ》りたいと思いまして……」

このままだとこれ以上神聖術が伸びるのは難しいかもしれない。

そう危惧したシンシアは、父の伝手を借りて一人の魔導師と出会った。

それこそが、当時『収納袋』を始めとするいくつもの魔道具を発明し、販売していたクロノだ。

彼女の父が橋渡しができる人物の中で最も才能がある人間が、クロノだったのである。

「うーん……聖属性魔法に関して言えば、俺よりも聖教会の上の人間に聞いた方がためになる話が聞けると思うのですが……」

「それはもうやりました。でも……ダメだったんです」

そう言って苦笑するシンシア。

彼女としても、高名な魔導師であるとはいえ聖属性に秀でているという噂は聞かないクロノに話を聞くというのは最後の手段だった。

現状、他に手立てがなかったのである。

当時助祭だったシンシアは、上司である司祭やその上司である司祭、更には最高顧問である枢機卿に至るまであらゆる人達の話を聞かせてもらってきた。

そして――信仰の形が人によって違い過ぎるため、まったく参考にならないという身も蓋もない結論が出てしまったのだ！

例えば異端の撲滅を謳《うた》う異端審問官にとって、その信仰は異端の排除という形を取る。

布教を市場目的とする司祭にとっては信仰と布教が密接に関係しているし、逆に商人上がりの信者の中には信仰を金銭と結びつけている者もいる。

このように信仰とは神との一対一の対話に他ならない。

当然ながらその形は千差万別、一つとして同じものはなかった。

皆が語るのは自身の信仰について。要は自身の成功体験を語られるだけで、シンシアにはまったく刺さらない内容の講釈ばかりを垂れられて辟易としてしまったのだ。

シンシアがクロノに求めたのは、聖教会の上位者達とは異なる聖属性魔法へのアプローチ方法であった。

「俺はそこまでたいした人間ではないですが……いいでしょう、微力ながらお手伝い致します」

こうして当時宮廷魔導師になったばかりだったクロノは、空いている時間を見つけてはシンシアと共に聖属性魔法の研究に勤《いそ》しむことになる。

クロノのやり方は、徹底していた。彼は一度やると決めたら、とことん最後までやりきるタイプだったのだ。

聖教会の有力者達と顔合わせを行い、時に教義に反するような内容を引き出し、またある時は無礼を承知で秘匿事項を聞き出したり……時にシンシアが青ざめるようなこともしながらも、彼は歩みを止めなかった。

シンシアはその姿を間近で見続け、圧倒された。

その魔法に関する造詣の深さや、神や有力者をも恐れぬ気高き姿勢。

行動は素早く、そして何より理解力が高く要点を掴むまでの時間が短い。

シンシアは決して頭が悪いわけではないのだが、クロノと一緒にいると振り落とされないようにその後ろ姿を必死になって追いかけるだけで精一杯だった。

少なくない時間を共に過ごすようになり、気付けばクロノの方の敬語も取れ、二人の関係性も深まっていく。

そしてある日……シンシアは、自分がクロノのことを目で追うようになっていたことに気付く。

その真摯な姿勢と、何か一つのことにのめり込む少年のような心。

身体は大きく肩書きも立派だが、どこか童心を持っているクロノに、シンシアは惹かれるようになっていった。

朴念仁《ぼくねんじん》のクロノは、当然ながらそんなシンシアの内心の変化に気付けるわけもなく。

彼はシンシアを研究のパートナーとし、純粋に学術的な興味から今まで触れてこなかった聖属性魔法についての造詣を深めていく。

研究を続けた彼は、とうとう独自に一つの結論にたどり着いた。

それは――。

「恐らくだが、聖属性魔法の練度を上げるのに最も効率のいい方法は……自らが命の危険を感じるような危地に飛び込み続けることだ」

「危地……ですか」

「ああ、どうやら神様は人が苦難の道に進むのが好きらしい」

クロノが出した結論は、信仰心は本人の命の危機によって高められる可能性が高いという、教会関係者が聞けば耳を疑うようなものだった。

司祭や司教、枢機卿の中にも強力な聖属性魔法を使える者はいる。けれど彼らの信仰はシンシアの言う通りかなりのバラツキがあり、サンプルとしては不十分だった。

そこでクロノはいろいろと調査をするうちに、ある違和感を感じた。

異端審問官や聖戦士のような戦闘を生業とする者は、総じて皆聖属性魔法の習熟度が高く、騎士に勝るほどの戦闘能力を得ている者も多くいた。

そこには一つの例外もない。彼らは皆が、聖属性魔法のエキスパートだったのだ。

クロノはそこに目をつけた。

彼は足繁く養成学校にまで足を運び、校長や当時の教師にまで聞き込みを行って調べてみた。

すると驚くべき結果が出た。

異端審問官も聖戦士も、在籍時点ではそこまで聖魔法の練度が高いわけではなかったことが発覚したのである。

では現在の彼らが、なぜ聖属性魔法のエキスパートになっているのか。

それは間違いなく、彼らが過酷な、死を覚悟するほどの戦闘を切り抜けてきたからだった。

故に命をかけて戦闘に挑めば、自ずと信仰心がついてくる。

それがクロノの出した結論だった。

こんなことを聞けば教会各所に激震が走るのは間違いない。

教会の上層部には激怒する者もいるだろうし、公表することで教徒達がむやみに死地に赴《おもむ》き命を散らす可能性も高い。決して公表はできぬ類《たぐい》のものであった。

だがシンシアはクロノの出した答えをまったく疑いはしなかった。

彼女はクロノが恐る恐る言った答えを聞いても、平然としていた。

そしてそれがさも当たり前であるかのように、

「それなら私を死地へ誘《いざな》ってください。クロノさんなら……できますよね？」

そう言って笑ったシンシアはその後、「最後まで責任……取ってくれますよね？」とクロノに半ば脅迫めいた言葉をかけ、彼と共に戦場を駆けることになる。

クロノの推論は、正しかった。

今まで伸び悩んでいたのが嘘であるかのように、シンシアは実戦の中で聖魔法の実力をめきめきと上げていったのである。

彼女には祈りだけで聖属性魔法を極めてしまうほどの才能はなかった。

けれど彼女には、聖属性魔法の戦闘利用に関して天賦の才があった。

故にシンシアは戦いの中で成長を続けた。

そして彼女は長きに渡る戦闘の中で聖女へと到り、確固たる実力を身につけることに成功したのだ――。


「なるほど、確かに瘴気がかなり濃いですね……」

二十日ほどの探索の末、シンシアは森の最奥に広がる瘴気の満ちる空間へとたどり着くことに成功していた。

「ここまで瘴気が濃いと、人間の身体にも悪影響が及ぼされかねません……結界を」

「『サンクチュアリ！』」

故にシンシアと共にやって来た僧侶達による結界が展開される。

共同作戦にあたるメンバーの周囲をぐるりと球状の結界が守り、瘴気の侵入を防ぐ。

ちなみにシンシアが魔法を使っていないのは、これから先に彼女にしかできない大仕事が控えているからだ。

「ここから先は魔物もかなり強くなってくるから、気を引き締めるように」

すぐ後ろに控えているラインハルトが、改めて部下達に通達を行う。

以前騎士団と共にやって来た時、ここから先はラインハルトが一人で立ち入っていった。

彼が邪龍の討伐を単独で行ったのは、騎士団員が瘴気の影響を受けてしまうのを恐れたという理由も大きい。

だが今回は僧侶や聖戦士達が同行してくれていることで、騎士団員の瘴気汚染を気にする必要がない。

ラインハルトは一人結界を飛び出し、周囲にいる魔物の中で危険性が高いものを優先的に処理し始めた。

軽い足取りで駆けるラインハルトが、魔物を次から次へと切り刻んでいく。

その剣は魔物の牙が届くよりはるか手前から敵へと届き、こちらに一切魔物を寄せつけない。

「あれが剣聖ラインハルト卿の剣技ですか……」

隣にいる僧侶が呆けたような顔をしている。

既に見慣れているシンシアからするとそこまで驚くようなものではないが、ラインハルトの剣を間近で見たことのない人間からするとなかなかの衝撃だったらしい。

「ラインハルトがいれば心配いりません」

旅の仲間の一人として、彼の腕は信用している。

ラインハルトの頑張りの甲斐あり、そこから先も魔物を鎧袖一触《がいしゅういっしょく》で倒していき、彼らはとうとう最奥の瘴穴までたどり着く。

探知魔法を使い瘴穴の確認をするシンシアの周囲を、ラインハルトが警戒する。

「前に来た時より大きくなってるみたいだ……シンシアが早めに来てくれて助かったよ」

「幸い、サイズはそこまで大きくありませんね。これなら数分で終わらせられます」

そう言うと、シンシアの顔がキリリと引き締まる。

先ほどまでの人好きのする笑みが、仕事をする人間の真剣な表情に変わった。

「それではこれより、瘴穴の消却を開始致します。以後十五……いえ、二十分ほど私は無防備になりますので、護衛をお願い致します」

「「我らの誇りにかけて！」」

シンシアの周囲を聖戦士が囲み、その外周を高鷲騎士団が、更に遊撃としてラインハルトが目を配る。

その陣形の中央で、シンシアがその大きな瞳をつぶり、片膝を地面についた。

「神よ……」

木々に遮《さえぎ》られ、瘴気により薄暗くなった森の中に、ひと筋の光が差し込む。

どこからともなく降り注ぐ光がまず最初にシンシアの身体を包み込んだ。

光が増幅され、彼女の目の前にある瘴穴へと向かっていく。

虚空に浮かび上がっている巨大な黒い穴……その外周を白い光が覆《おお》っていく。

ぐるりと一周し、黒い球を白い膜が完全に覆ったところで光が一層強くなる。

「超級神聖魔法……女神の涙《ティア・ドロップ》」

上空から降り注ぐ光。

その中に輝く一滴の雫。

聖属性のオーラを纏う一粒の涙が、瘴穴の中心部へと落ちていく。

ぽちゃりと音を立てて吸い込まれていった白い涙が、内側でその輝きを強めていった。

内側と外側から白い光に攻め立てられることで、虚空に浮かんだ黒い穴がどんどんと小さくなっていく。

ぐぐ……と瘴穴はまるで意志を持っているかのように抵抗してくるが、更に魔力を籠めていけばその抵抗は無視することができた。

最初は人間大の大きさがあった穴は徐々に徐々に小さくなっていき……そして消える。

「ふぅ……」

五分だろうか、十分だろうか。

魔法を使うことに意識を集中させていたシンシアは、一体どれだけの時間が経っているのかまったくわからなかった。

額に手のひらを当てると、じっとりと汗が滲んでいる。

隣に立っている僧侶が、ハンカチでそっと汗を拭ってくれた。

呼吸を整えてから、シンシアが立ち上がる。

「これより周辺領域《エリア》の浄化にかかります！」

先ほどまでとは異なる気配が、彼女の周囲に満ちる。

魔なる瘴穴を滅却するために必要なのは、その対局に位置する聖性。故に使用するのは神聖魔法。

そして地に満ちる瘴気を浄化するために必要なのは、それを塗りつぶすための聖性。

故に使用するのは、浄化魔法である。

「超級浄化魔法……」

シンシアの周囲に立ちこめるのは、聖性を帯びた白く清浄な霧。

彼女は一行を包み込むほどの霧のドームを生み出してから……パンッと勢いよく柏手を打った。

「女神の神域《ゴッデスアーレ》……っ！」

すると……ぶわん、ばっ！

白い靄は瞬く間に拡散していく。

そしてどこか濁り、どんよりとしていた空気が一瞬のうちに清らかなものに変わっていった！

「これが聖女様の魔法……」

先ほど僧侶がラインハルトを見て驚いていたように、騎士団員がシンシアの魔法を見て言葉を失う。

それは正しく、奇跡を目の当たりにしているかのようだった。

一瞬のうちに森が清浄され、元の姿を取り戻していく。

ねじくれていた樹は本来の姿を取り戻し、ごぽりと青黒い霧を吐き出していた沼は底が見えるほど清らかな湖へと変わってしまう。

まるで夢でも見ているかのようにめまぐるしい勢いで景色が変わっていく。

暗雲が消え去り、雲の切れ間から太陽が顔を覗かせる。

曲がっていた木々が真っ直ぐに戻ったことで、一行に木漏れ日が降り注いだ。

周囲の明度までが上がり、森の奥であることを感じさせない明るさだ。

「ふぅ……」

皆が呆気にとられたようになっていたが、中でも普段通りなのは魔法を使っているシンシアと、周囲を警戒するラインハルトの二人だけだ。

「終わったかい？」

「終わりました……」

シンシアの顔は、仕事をやりきった聖女のそれではなかった。

何かひっかかるような様子のある彼女が、ラインハルトの方を向く。

王国一の聖属性魔法の使い手としての何かが、彼女に警鐘を鳴らしていた。

「瘴穴も、瘴気も……何かがおかしかった。本来なら超級魔法を使ったとしても、こんなにすぐに消却と浄化が終わるはずがないのに……」

「異変、かい？　もしかして、瘴穴を生み出した存在の正体と関係があるのかな？」

「わかりません……ただ一つ、これは私の感覚の話なのですけど……」

一度区切ってから、シンシアが続ける。

「瘴気の浄化の際に、ほとんど抵抗がなかったのです。まるで瘴気そのものが意志を持ってどこかに行ってしまったような……」

「……そっか、まあなんにせよ森の浄化には成功したのは間違いない。とりあえず……村に戻ろう。なんだか僕も、嫌な予感がする……」

二人が感じていた何かの正体は、すぐに判明することになる。

無事に森から開拓村へ戻った時クロノの体調が劇的に悪化し、完全に意識を失ってしまっていたのだ。

彼の身体に刻まれた魔王の呪いは大きく脈を打ちながら、怪しい光を発していた——。

瘴気の浄化がなされたことにより魔物の姿は完全に消えており、シンシア達は五日もしないうちに開拓村へと帰ってくることができた。

「——シンシアさん、こっちです！」

レナは入り口で、シンシア達の帰りを今か今かと待ちわびていた。

彼女に連れられシンシア達がクロノの家に向かうと——彼は完全に、意識を失っていた。

「……はあっ、はあっ、はあっ……」

クロノは意識を失いながら、荒い呼吸を繰り返すばかり。

「私が回復魔法をかけてもダメでした……ですから、お願いします……」

そう言って儚《はかな》く笑うレナの顔には、濃い隈があった。

寝ずに看病をしていたのだろう。ふらふらとしており、明らかに体調が悪そうだった。

レナに魔法をかけて眠らせてから、シンシアはベッドに横たえられているクロノの顔を見る。

まずは触診からだ。クロノの服を脱がせ、身体の様子を確認する。

一見するとそこまでおかしな様子はない。

けれど隣にいたラインハルトの方が、先に異変に気付いた。

「これは……魔王の呪いが成長している……？」

「どういうこと？」

「僕は森へ出かける前、クロノさんと一緒にお風呂に入った。その時と比べて、明らかに魔王の呪いが大きくなってる」

ラインハルトの記憶では、クロノの呪いのタトゥーはへそ周辺を覆うくらいの大きさだった。

けれど今は、タトゥーが腹部全体にまで広がっている。

クロノの体調悪化の原因は、間違いなく魔王の呪いにあるとみていいだろう。

「女神の祝福！　……っ嘘!?　これでもダメ、全然効いていない……っ！」

シンシアが己の使える最大の回復魔法である女神の祝福を使う。

するとクロノの呼吸は落ち着いた。

けれど彼の眉間の皺が取れることはなく、意識を取り戻すこともなかった。

どうする、どうすればいい……？

思考の渦に飲み込まれていたシンシアを現世に揺り戻したのは、ラインハルトの声だった。

「魔王の呪いが、光っている……？」

顔を上げると、確かに光っている。

真っ黒だったはずのタトゥーは怪しい紫色に発光をしていた。

まるで生き物の脈動のように、タトゥーは規則的なリズムで光の強さを変えている。

だが原因が魔王の呪いにあるとわかったところで、即座に解決策に結びつくわけではない。

いやむしろ、状況は悪化したと言っていいだろう。

何せ元より、シンシアは魔王の呪いに対して有効な手立てを持っていないのだから……。

「女神の涙！　女神の神域っ！」

回復魔法を使えば呪いに蝕《むしば》まれるクロノの体力を回復させることはできる。

けれど彼女の神聖魔法も、そして浄化魔法も、クロノを快癒《かいゆ》させるには到らない。

クロノの辛そうな様子を見て、シンシアがその顔を歪める。

だがそれでも、事態は好転しなかった。

半狂乱になりそうだったシンシアを引き止めるのは、かつての旅の仲間であるラインハルトだ。

「落ち着くんだ、シンシア。君がどれだけわめいても、事態は変わらない。一刻も早くクロノさんを助けるためには、冷静な判断が必要だよ」

シンシアはその言葉を聞き、すぐに落ち着きを取り戻した。

そうだ、自分がやらずして誰がやる。

彼女は気合いを入れ直した。

「こうなった原因は魔王の呪いにある。そして魔王の呪いが急に活性化したとしたら、その理由は一つしか考えられない」

「瘴気を吸い込んだから……ですかね」

「恐らくは。クロノさんは多分プロド病のような状態にある。そして厄介なことは、彼の体内に溜まった瘴気に魔王の呪いが呼応してしまっているせいで、浄化魔法でも瘴気を取り除くことができないというところだ」

「けれど逆を言えば、神聖魔法で結界を張れば、彼にこれ以上の瘴気の流入を防ぐことはできる……つまり現状維持をすることはできるということになります」

「そう、そして浄化を行い周囲から完全に瘴気を消し去れば、魔王の呪いの活性化が収まる……かもしれない」

自信がないのだろう。自身の推測をそこまで信じ切れない様子で、ラインハルトが呟く。彼は忸怩《じくじ》たる様子でクロノを見て、己の剣に触れた。

「恐らく未だ、瘴気を出す魔物も残っているはずだ。僕は騎士団と力を合わせて魔物の掃討に移る。もう少し早くから動いておくべきだったか……」

しかし後悔は先には立たない。

彼はすぐに気持ちを切り替え、これからやるべきことに思いを馳せることにした。

「では私達聖教会は、周辺領域全体を浄化することでこれ以上瘴気がクロノさんに入っていくのを防ぎます。もちろん、結界張りも併せて」

「よし、そうと決まったら早速動き出そう」

シンシアは立ち上がると、クロノの家を覆うように結界を張った。

そしてそのまま、クロノの家を後にしようとする。すると去り際、背中から声がかかった。

「待ってください！　私に……私に何かできることは、ありませんか？」

憔悴《しょうすい》した様子のレナが、幽鬼《ゆうき》のようにふらりと立ち上がる。

二人とも、彼女の気持ちは痛いほど理解ができた。

何もできない自分が嫌なのだ。

ラインハルトは慰めの言葉をかけようとしたが、それをシンシアが遮る。

シンシアはレナに、ある可能性を見出していたからだ。

「それならレナさんは……回復魔法をクロノさんに使い続けてくださいｏ　ただし……しっかりと睡眠を取ってからにすること。今の貴方、相当酷い顔をしていますよ」


「んぅ……」

レナはゆっくりと目を覚ます。

いつもより暗い室内に、まず困惑がやってきた。

けれどきょろきょろと周りを見つめているうちに、状況が飲み込めてきた。

今自分は、クロノの家にいるのだ。

自分が置かれた状況を思い出してから、彼女は用意してもらった布団から起き上がる。

外を見ると、既に夜が更けていた。

眠ったのはまだ昼過ぎだったはずだが、どうやらかなりの時間眠ってしまっていたらしい。

「クロノ、さん……」

立ち上がると、そこには苦しそうに胸を掴んでいるクロノの姿があった。

彼が苦しんでいるのを見るのは、これで何度目だろうか。

何度見ても慣れるなどということはなく、彼女は見る度に心を痛めてしまう。

「私は、ダメな子です……」

クロノは凄い人だ。

ずっと寝込んでいた自分の父をあっという間に治してしまうし。

長いこと開拓村の皆を悩ませていた猪の被害もあっという間に収めて、更には猪達を仲間にもしてしまうし。

水路も整備してくれたし、収穫を増やすためにポーション農法なんてものまで発明してしまった。

温泉を掘り出したり、騎士団を呼んだり、聖教会の偉い人まで呼び出したりして、どんな問題もあっという間に解決してしまう。

おまけに彼は魔王を倒した勇者パーティーのメンバーであることや、いくつも魔道具を開発した発明家でもあるらしい。

それと比べて自分はどうだ。

彼が来てからというもの、頼ってばかり。

いろんなことをしてもらって、美味しいおやつまでごちそうしてもらい、そして……何も返せていない。

レナは悔しかった。

これだけたくさんのものをもらって、たくさんの恩を受けて。

何一つ返すことのできない自分が情けなくてたまらなかった。

クロノの腹部に手を当てる。

そこにいる黒い悪魔は、未だクロノのことを苛《さいな》み続けている。
「ハイヒール」
回復魔法をかける。
クロノが眉間に寄せる皺が少しだけ小さくなる。
けれど、それだけだ。
「ハイヒール」
再度魔法をかける。
クロノの強張っている身体が少しだけリラックスして弛緩《しかん》した。
だが、それだけだ。
「ハイヒール！　ハイヒール！　ハイヒール！」
何度も何度も回復魔法をかける。
聖女として最高の回復魔法を使えるシンシアでもどうにもならなかったのだ。
この魔王の呪いが、自分でどうにかできる類のものではないことくらいわかっている。
だがそれでも、やらずにはいられなかった。
自分の魔力が続く限り、魔力が切れても気力が続く限り、レナは魔法をかけ続ける。
彼女は己の限界を超えて、ハイヒールを唱え続けた。
魔法の使用に完全に意識を集中させているレナは気付かない。

回復魔法使用の際に発される燐光《りんこう》。
本来なら緑色であるはずのそれが、徐々に青みを帯びつつあることに。
緑だった光は今や完全に青緑になっている。そして青みは更に増していった。
すると、変化が起こる。
今まで何一つ様子が変わらなかったクロノが、突然呻き声を上げたのだ。
彼は少し身じろぎをしたかと思うと、ゆっくりと重たそうに、その瞼を開けた。
「……れ、レナ……?」
「――クロノさん！　クロノさんっ！」
レナは更に魔法をかけ続ける。
最終的に彼女が気力の限界を迎え、気絶するまで魔法を使い続けた。
意識を失う間際、彼女の回復魔法は海よりも深い青になっていた……。

エピローグ

どうやら俺は十日近い間、眠ってしまっていたらしい。

その原因は、あの忌々《いまいま》しき魔王の呪いだった。

俺は身体に残る魔王の呪いがシンシアが浄化しきれなかった瘴気を吸い過ぎてしまったせいで、意識を失ってしまっていたらしいのである。

そして驚くべきことに、俺を治したのは聖属性魔法のエキスパートであるシンシアではなく、未だ道半ばであるはずのレナだった。

だがどうやらシンシアは、彼女が持つ可能性に思い至っていたらしい。

なので意識を取り戻した俺はシンシアの勧めに従い、彼女と共にライルさんの家に伺った。

そしてそこで、詳しい事情を聞かせてもらうことにしたのだ。

するとそこでライルさんから、驚きの事実が明かされる。

「驚いたな……まさかレナのお母さんが天使族だったとは」

死に別れたレナの母親は、天使族と呼ばれる魔族だったのだ。

ライルさんは重傷を負っていた天使族と出会い、そして二人は恋に落ちた。

それによって産まれたのがレナ——つまりレナは、人と魔族の間に産まれたハーフということになる。

魔族は人間よりもはるかに高い魔力適性を持つ。

そのため彼らは人間よりも魔物が使うより高次な魔力操作による事象改変——魔術を使うことができる。

今回俺が助かったのは、彼女が、種族全体が回復魔術の使い手である天使族の血を引いていたという点が大きかったようだ。

『お母さんは天使のような人だったって、お父さんよく言ってました』

確かにレナは以前そんな風に言っていたが……本当に天使だったとはさすがの俺も想像していなかった。

魔族は美男美女揃いと聞くが……レナが田舎村にいるとは思えないほど顔が整っているのに、まさかそんな理由があったとはな。

「けれど当然ながら、彼女の回復魔術だけが原因ではありません。恐らくクロノさんが目を覚ますことができたのは——魔王の呪いと魔族の魔術との間に親和性があったからでしょう」

魔王は魔物の王だ。そして魔族とは、人と魔物の狭間に在《あ》る者。

故に人であるシンシアの浄化魔法は弾かれたが、魔族の血を引くレナの回復と浄化の効果が籠められた魔術は受け入れられたのだろう。

それがシンシアの見立てだった。

「そうなるともしかすると、俺の魔王の呪いを解く鍵は、魔族にあるのかもしれないな……」

シンシアの魔法でもどうにもならないならと諦めていた魔王の呪い。

これをどうにかできる鍵は、もしかすると未だ各地で人間に根強く対抗しているという魔族にあるのかもしれない。

「あ、そういえば……」

思い出したので、レナのぬいぐるみを取ってきてもらう。

初めて見た時に感じた違和感。

今ならその理由がわかる気がした。

「ど、どうぞ！」

レナに差し出されたぬいぐるみを詳しく観察する。

以前はその汚れにばかり目がいっていたが、今ならこのぬいぐるみの違和感の理由に気付くことができた。

「このぬいぐるみの中に、何かが入っているみたいだ……取り出してもいいか、レナ？」

許可を得てから、ぬいぐるみを破く。

ぬいぐるみの身体に詰まった綿は微量ながら魔力を発していた。そしてその中心部には……

「これは……指輪、ですか？」

中に入っていたのは、キラキラと光る指輪だった。

金属部分は虹色に輝く最高級品の魔力含有金属のオリハルコンでできており、上には赤い宝玉が象嵌されている。

この宝玉は……恐らくは吸血鬼の涙。

入手難易度の非常に高い、強力な魔法触媒だ。

「この指輪はかなり強力な魔道具だ。魔法……いや、魔術の発動を補助してくれる杖のような役目を果たしてくれるはずだ」

レナのお母さんがなんのためにこれを遺《のこ》したのかはわからない。

自分のような魔術師になってほしいと願ったのだろうか、それとも……。

考えが脇道に逸れているうちに、レナが指輪をつける。

「これがお母さんの、形見……」

ジッと指輪を見つめるレナ。

彼女はそのまま顔を上げる。

そこには決意と覚悟を秘めた、力強い瞳があった。

「決めました、私……クロノさんの魔王の呪いを解いてみせます！　今は無理かもしれませんけど、いつか、きっと……」

レナが俺を見上げ、自然と見つめ合う形になる。

そのまま見つめ合っていると……二人の間に白と青の影が落ちた。

「だ、ダメです！　クロノさんの呪いを解くのは私です！　魔物や魔族を経由させれば魔法が通じることがわかったんです、それなら私にだって……」

ぐぬぬ、むむむとレナとシンシアが睨み合う。

仲が良くなったと思っていたけれど、どうやら俺の勘違いだったみたいだ。

バチバチと火花を散らす二人をどうしようか考えていると、勢いよくドアが開く。

そこには焦った様子のラインハルトの姿があった。

「クロノさん、大変です！」

「どうしたんだ、そんなに慌てて……」

「ア、アイラが……」

ラインハルトが言い切るより早く、小さな黒い影が弾丸のようにこちらに飛び込んできた。

「師匠ッ！！！」

「おっとと……って、アイラ？」

俺の胸に顔を埋めているのは、今ここにいるはずのない勇者兼俺の一番弟子のアイラだった。

「し、心配したんですよ師匠！　師匠が魔王の呪いで倒れたって聞いて……」

どうやらシンシアとラインハルトの手紙を見ていても立ってもいられなくなり、仕事を全てほっぽり出してここまでやって来てしまったらしい。

まったく……困ったやつだ。

せっかく伯爵様になったというのに、これじゃあ前と全然変わってないじゃないか。

「師匠師匠師匠師匠～（ぐりぐり）」

「アイラまで……負けていられませんね！」

「いやぁ、勇者パーティー勢揃いですね！　懐かしいなぁ」

「わ、私だって！」

まさかこんな形で、勇者パーティーが再び集まるとは。

しっかし……全員集まって更にレナまで加わったおかげで、前にも増してやかましくなったな。

だが俺は、自分の頬が緩むのを止めることができなかった。

うるさいが……俺はこのうるささが、決して嫌いではないのだ。

アイラまで来てしまったので、この後の後始末はなかなか面倒になるだろう。

魔王の呪いについてもいろいろとわからないことだらけだし、様々な問題も残っている。

どうやら俺がのんびりスローライフを送れるのは、まだまだ先の話のようだ。

だがまあこういう日常も……なかなかどうして悪くない。

こんな日がずっと続いていくことを、きっと人は幸せと呼ぶのだろう。

……いや、これだとちょっと物騒だし騒がし過ぎるから、もう少し静かな方がいいか。

そんな風に思いながら俺はアイラ達に釣られて、笑みをこぼすのだった――。

あとがき

初めましての方は初めまして、そうでない方はお久しぶりです。

しんこせいと申す者でございます。

『宮廷魔導師、追放される』、『豚貴族は未来を切り開くようです』（オーバーラップノベルス）、『スキル『植樹』を使って追放先でのんびり開拓はじめます』（カドカワBOOKS）、『その亀、地上最強』（アース・スターノベル）、シリーズ絶賛好評発売中です！　あと他にも色々と出したりしていますので、しんこせいの名前を見たらぜひ一度手に取って読んでみてください！

漫画も現在四作品ほど連載中で、その他のコミカライズも多数準備中です！

いきなり宣伝から入ってしまい失礼しました。なるほど、こうやって他作品の宣伝をすれば簡単に字数が埋められ……これ以上のコメントは控えさせていただきます。

話は変わるのですが、先日とある出版社様のパーティーに行きました。

日々競い合っているライバルの作家さん達とお話ができて、とても刺激になりました。

ライバルでありながら業界を盛り上げていく仲間という意味では、大学受験時代の塾仲間なんかの感覚に近く、なんだか少し懐かしくなりました。

それに知ってる作家さんにペンネーム聞いたことありますと言われた時はとっても嬉しくな

りましたし、イラストレーターさんと名刺を交換した時は、イラスト付きでなんだか得した気分になりました！

閑話休題。『使命を終えた大賢者、辺境で領主生活はじめました』いかがだったでしょうか。最近しんこせいさんのスローライフいいですね、と言われることが増えてきた（気がする）自分が出した新作です。

ちなみに僕は豚が好きです。なので豚の良さがもっと色んな人に伝われと思いながら書きました。豚はギリギリ、もふもふに入ると思います。

馬鹿な話は止めて、謝辞に移らせていただきます。

まず最初に以前からお世話になっていたF様。色々と大変だとは思いますが、頑張ってください。復職されたら、また一緒にお仕事させていただければと思います！

現編集のM様、ありがとうございます。メールのやりとりでの細やかな気配りに、毎回助けられております。

イラストレーターのしあびす様、彩り豊かなイラストを描いていただきありがとうございます。

そして何より、こうしてこの手を取ってくれているあなたに最大級の感謝を。

それではまた二巻でお会いできることを祈って、筆を置かせていただきます。

しんこせい

使命を終えた大賢者、辺境で領主生活はじめました
～救世の旅から帰ったので、セカンドライフは小さな村で楽しく開拓生活を送ります～

2024年1月26日　初版第1刷発行

著　者　しんこせい

発行人　菊地修一

発行所　スターツ出版株式会社

〒104-0031　東京都中央区京橋1-3-1　八重洲口大栄ビル7F

☎出版マーケティンググループ　03-6202-0386
（ご注文等に関するお問い合わせ）

https://starts-pub.jp/

印刷所　大日本印刷株式会社

ISBN　978-4-8137-9301-4　C0093　Printed in Japan

［しんこせい先生へのファンレター宛先］
〒104-0031　東京都中央区京橋1-3-1　八重洲口大栄ビル7F
スターツ出版（株）　書籍編集部気付　しんこせい先生

定価:1320円（本体1200円+税10%）　ISBN 978-4-8137-9132-4